KB174294

시와 함께 떠나는

영어 교육

시와 함께 떠나는 영어 교육

1판 1쇄 인쇄_2022년 7월 10일
1판 1쇄 발행_2022년 7월 15일

지은이_김영철
펴낸이_홍정표
펴낸곳_작가와비평
등록_제2018-000059호

공급처_(주)글로벌콘텐츠출판그룹
대표_홍정표 **이사**_김미미 **편집**_하선연 이정선 문방희 권군오 **기획·마케팅**_김수경 이종훈 홍민지
주소_서울특별시 강동구 풍성로 87-6
전화_02) 488-3280 **팩스**_02) 488-3281
홈페이지_http://www.gcbook.co.kr
이메일_edit@gcbook.co.kr

값 15,000원
ISBN 979-11-5592-300-9 13800

시와 함께 떠나는

영어 교육

김영철 지음

작가와비평

이 시를 내면서

점점 복잡해지고 각박해지는 사회에서 한 모금 시원한 우물을 찾듯 우리 본연의 순수한 마음을 추구해 봅니다. 이 시는 물질문명의 발달 속에 더욱 더 허해지는 우리 각자의 삶에서 인간 본연의 모습을 찾아보고자 하는 시도입니다.

개발과 물질 중심의 사회 속에서 자연을 존중하고 순수한 마음을 간직할 수 있도록 우리의 감성을 자극하고자 합니다. 또한 순수한 우리 마음속에 들어있는 감성을 영어로 표현해 보는 시도도 해보고자 합니다.

영시를 우리말로 옮겨놓은 시들을 보면서 서로 문화적인 차이로 인해서 시에 들어있는 깊은 감성을 이해하기가 쉽지 않았던 경험이 있을 것입니다. 이 시에서는 반대로 창작시를 영시로 옮기면서 시적 감성을 느끼면서 영어 공부도 하고자 합니다. 먼저 지은이가 각각의 시에 제시한 영어 단어들과 영어 표현들을 사용하십시오. 그런 다음 사전과 스마트폰도 활용하여 시들을 영어로 표현하면서 영어 교육뿐만 아니라 시적 감성도 기를 수 있기를 바랍니다.

김영철 씀

차례

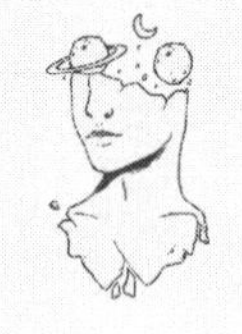

시와 함께 떠나는

영어 교육

내 마음의 보석상자

어린 시절 뒷동산에서
함께 뛰어놀던 내 친구
지금은 어디로 갔을까?

실개천에서 어항으로
버들치, 피리를 잡던 그 시절
내 마음의 보석상자는 어디로 갔을까?

도시의 화려한 불빛과
높은 고층 건물 사이에서
나는 어디로 가고 있는 걸까?

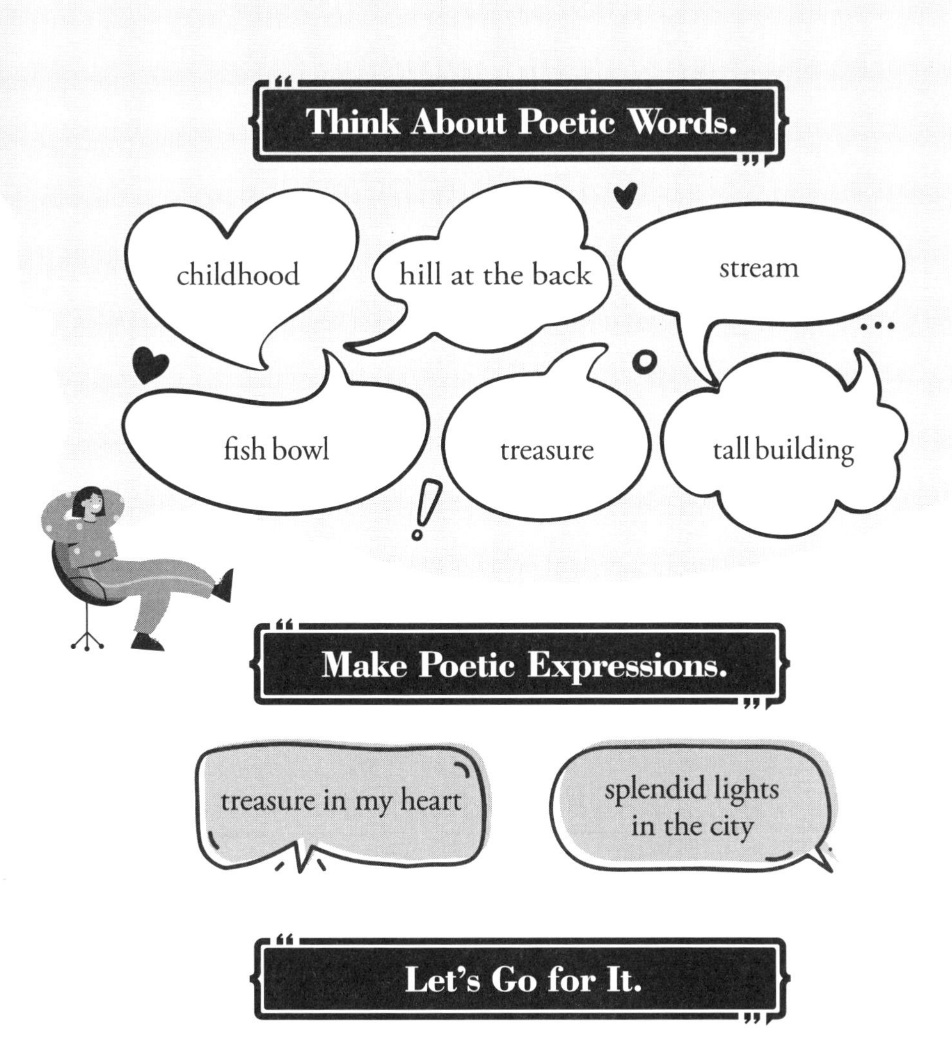
Think About Poetic Words.
childhood
hill at the back
stream
fish bowl
treasure
tall building
Make Poetic Expressions.
treasure in my heart
splendid lights in the city
Let's Go for It.

자화상

들판에 점점 파랗게
물들어가는 벼를 보면서
내 마음의 자화상으로 삼고 싶어라.

더욱더 익어갈수록
고개숙여지는 벼를 바라보면서
내 마음의 자화상을 보노라.

나이들수록 벼와 같이
세상 풍파견디면서
우리 모두에게 선을 베풀면서
성장하도록 도와주소서.

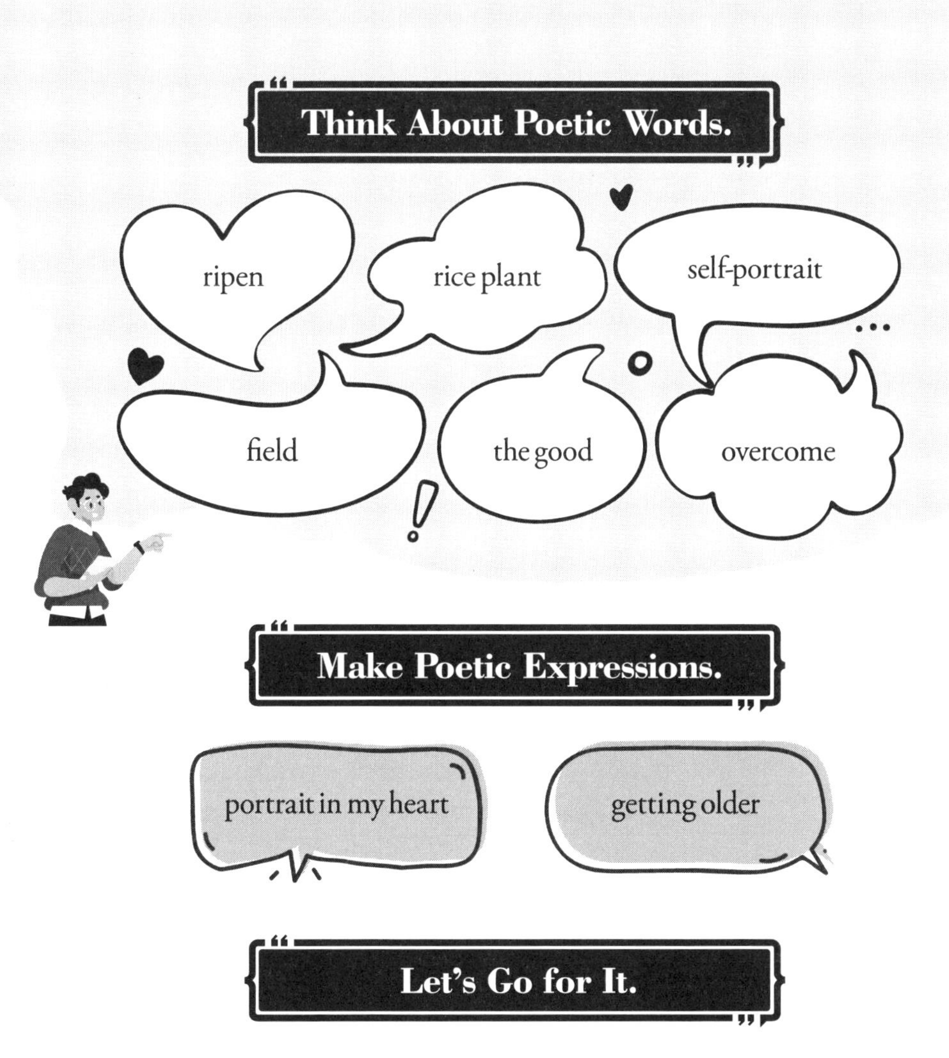
Think About Poetic Words.
ripen
rice plant
self-portrait
field
the good
overcome
Make Poetic Expressions.
portrait in my heart
getting older
Let's Go for It.

도심의 일상

심의 소음속에
차를 정비하러 들어오는
수많은 차량들

마스크를 쓴 채
차를 몰고 들어오는
수많은 사람들

홀연히 차를 정비하기보다는
내 마음을 먼저
정비하고 싶어진다.

Think About Poetic Words.

Make Poetic Expressions.

Let's Go for It.

지식과지혜

지식은 쌓이고 쌓이면
점점 더 으쓱해지고
오만해지는 어린 시절
철부지

지혜는 모아지고 모아지면
더욱더 겸손해지고
소박해지는 성숙한
어른

나도 지식보다는 지혜롭게
성숙한 사람으로
살아가고 싶다.

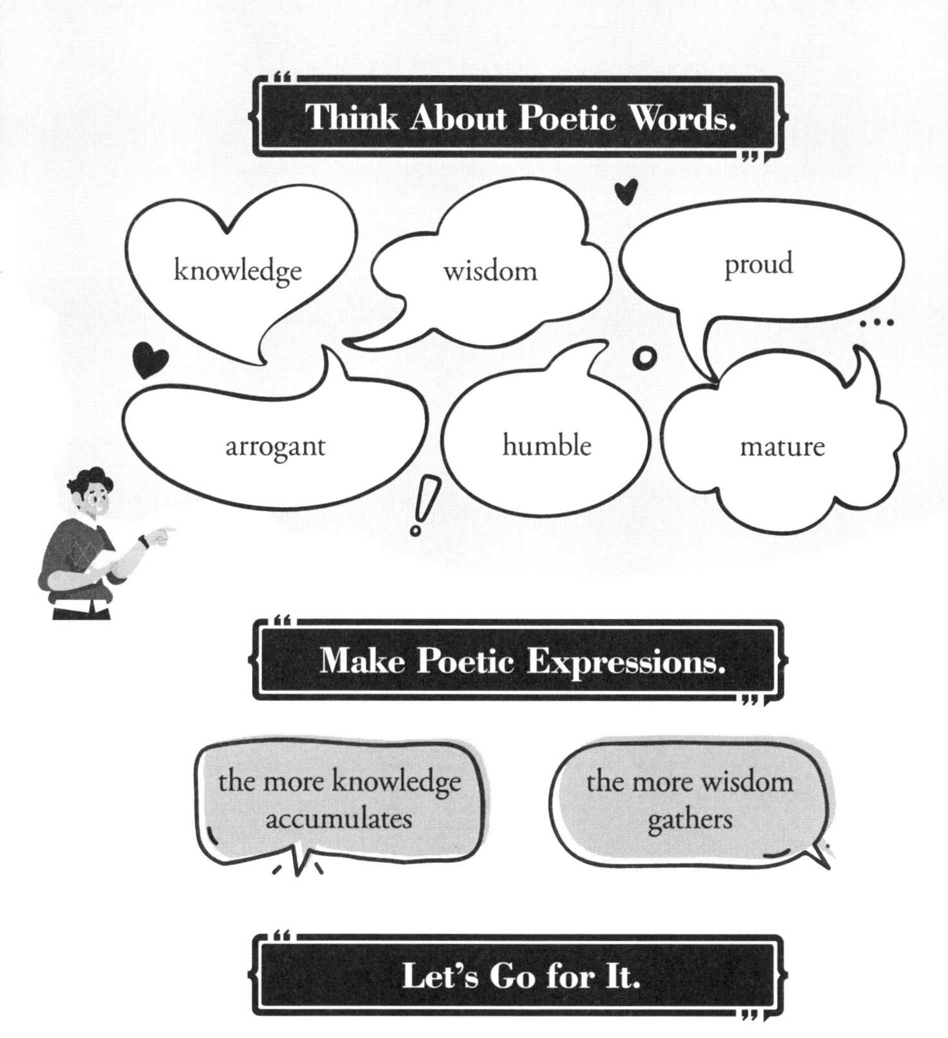
Think About Poetic Words.
knowledge
wisdom
proud
arrogant
humble
mature
Make Poetic Expressions.
the more knowledge accumulates
the more wisdom gathers
Let's Go for It.

길

천변의

사람과 자전거가 다니는

둘레길

도로의

사람과 차가 다니는

길

길은 길인데

서로 다른 길

내가 매일 선택하는

길

Think About Poetic Words.
streamside
path
road
car
bicycle
human
Make Poetic Expressions.
on the streamside
on the road
Let's Go for It.

부조화

창문으로 바라보는
아파트들 사이의
초록빛 물결의 논

자연의 완전한 조화,
한폭의 풍경화인가?
탐욕의 부조화인가?

나도 언제나 살아숨쉬는
내가 될 수 있을까?

Think About Poetic Words.

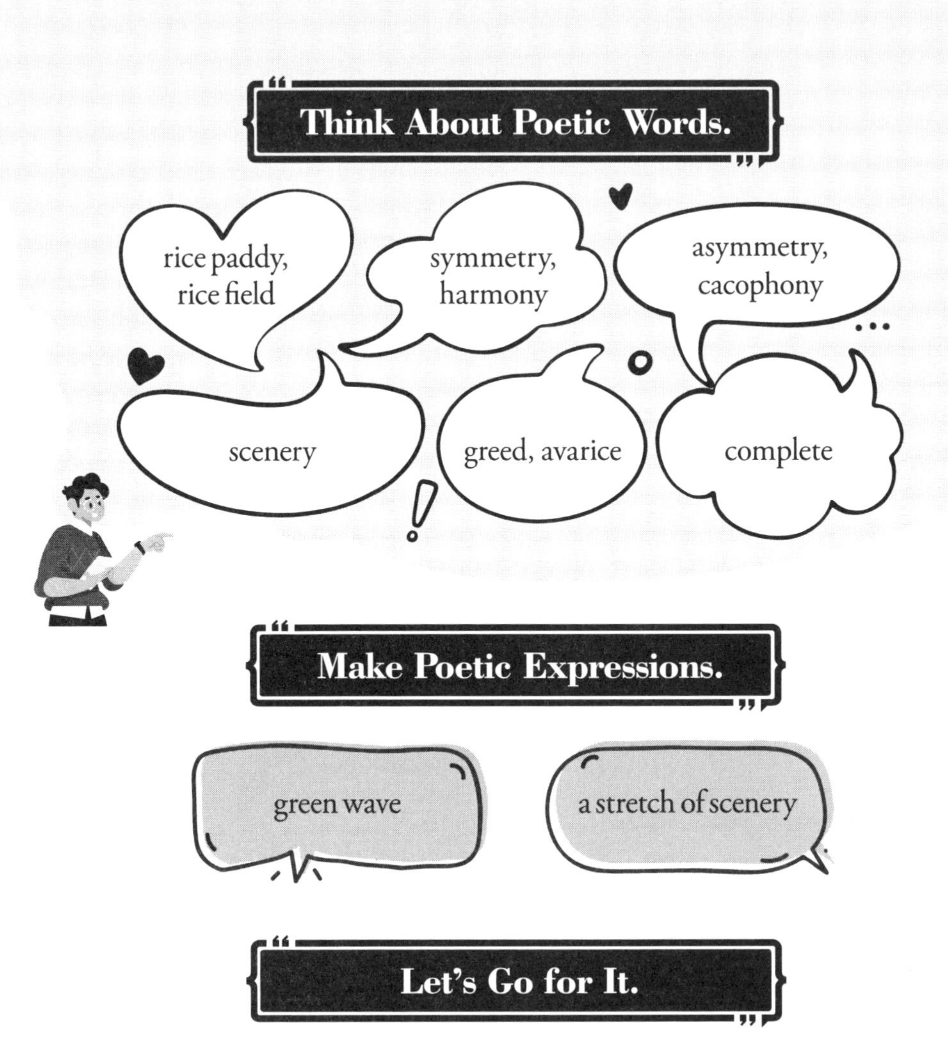

Make Poetic Expressions.

Let's Go for It.

까치

앞산에서 까치들이
서로 지저귄다.
무슨 이야기를 하는 걸까?

아파트 위에서도 까치들이
서로 지저귄다.
무슨 이야기를 하는 걸까?

그러나 아파트에서는
사람들이 별로
이야기가 없다.

Think About Poetic Words.

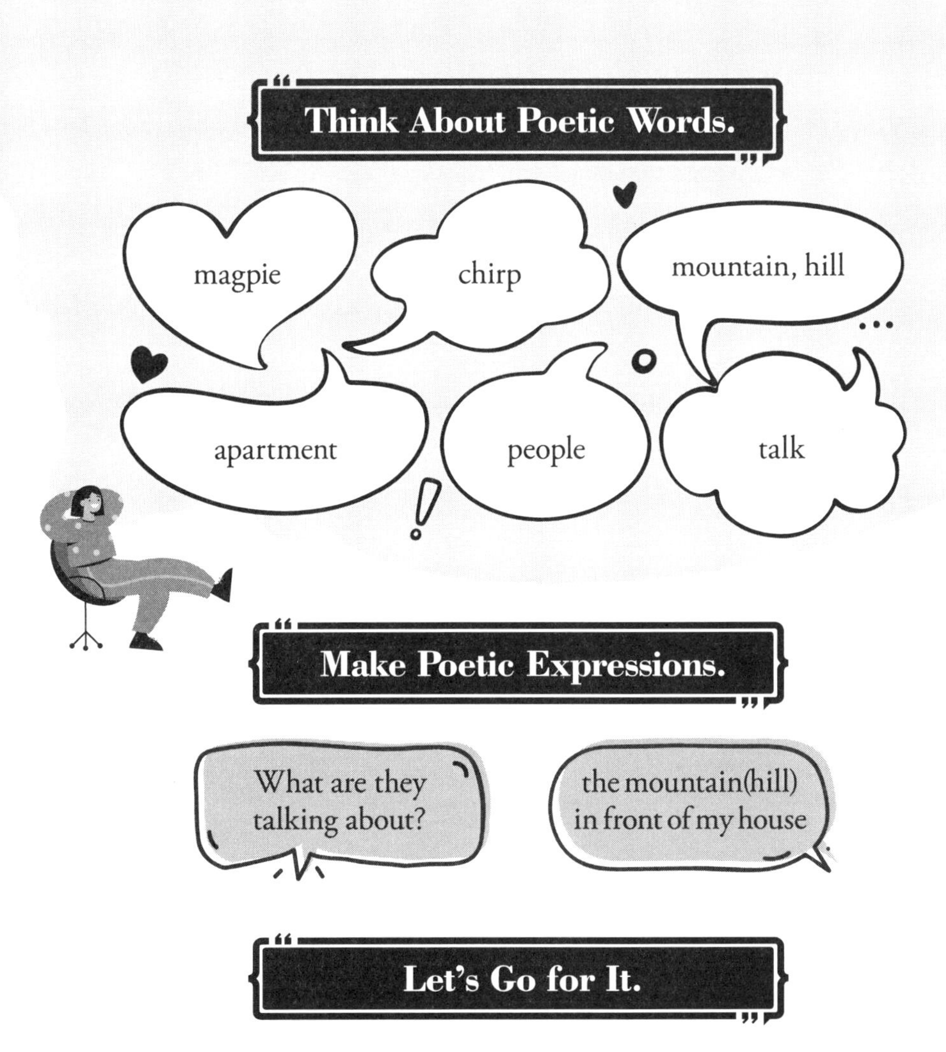

Make Poetic Expressions.

What are they talking about?

the mountain(hill) in front of my house

Let's Go for It.

아파트와 산

아파트들 사이에 있는 이 산
늠름하지만 위태롭네.

당당한 산이 아파트들을 호령하는지
아파트들이 자기가 더 높다고
산과 자웅을 겨루는지
알 수가 없네.

하지만 언젠가는 이 산도
아파트들의 위세에 눌려
사라지겠지.

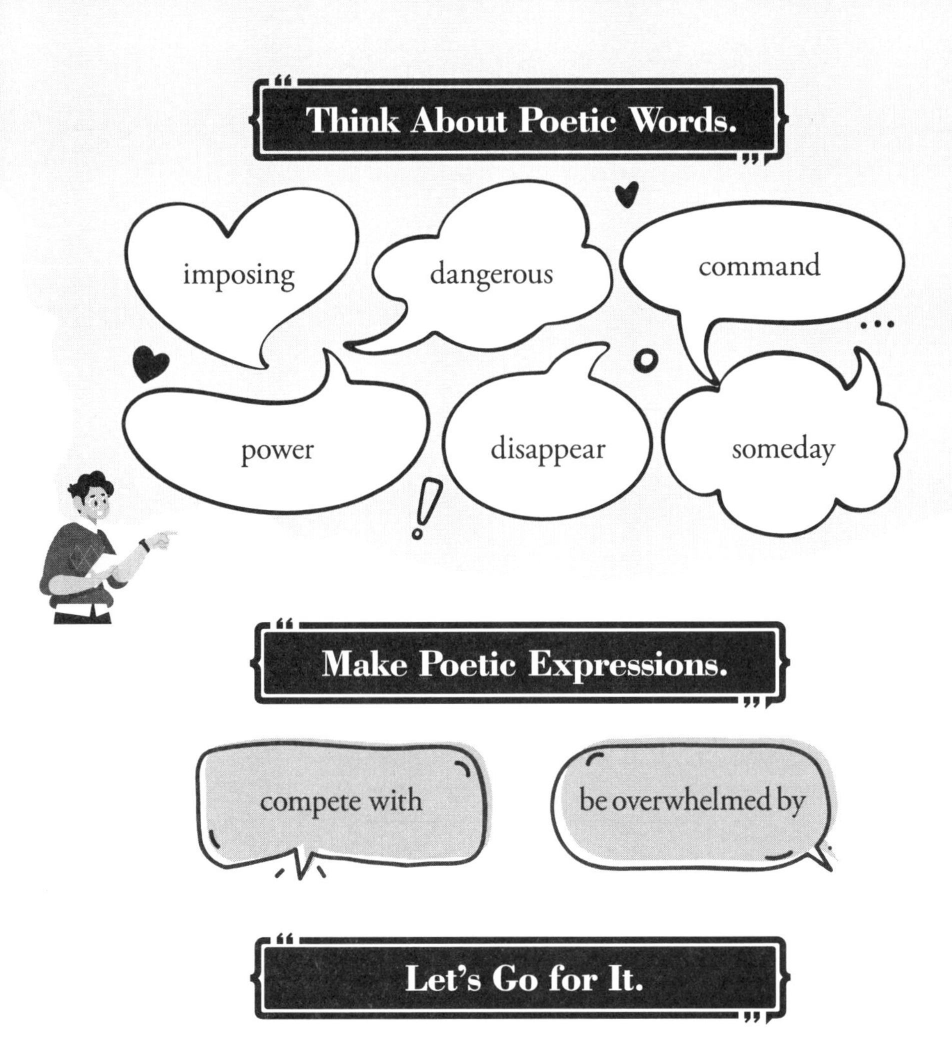
Think About Poetic Words.
imposing
dangerous
command
power
disappear
someday
Make Poetic Expressions.
compete with
be overwhelmed by
Let's Go for It.

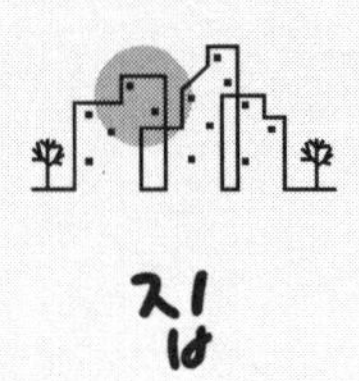

집

도심의 사방을 둘러봐도
여기저기 고층의 아파트들

시골길의 숲속을 거닐어도
눈에 띄는 전원주택들

우리가 돈으로 사는 집이 아닌
함께 어우러져 사는 집

집의 벽돌을 차곡차곡 쌓듯이
우리 마음의 정도 함께
차곡차곡 쌓을 수는 없는 걸까?

Think About Poetic Words.

Make Poetic Expressions.

Let's Go for It.

길2

한 갈래 길을 걸어갔습니다.

이젠 이전의 길과 이후의 길이

다른 길을 걸어갑니다.

서로 웃고 재잘거리며

우리 함께 걷던 이 길을

마스크를 쓰고 걸어갑니다.

걷는 이 길은 한 갈래인데

마스크를 쓰고 무표정한 얼굴로

걷는 이 길은 마음은 두 갈래입니다.

Think About Poetic Words.

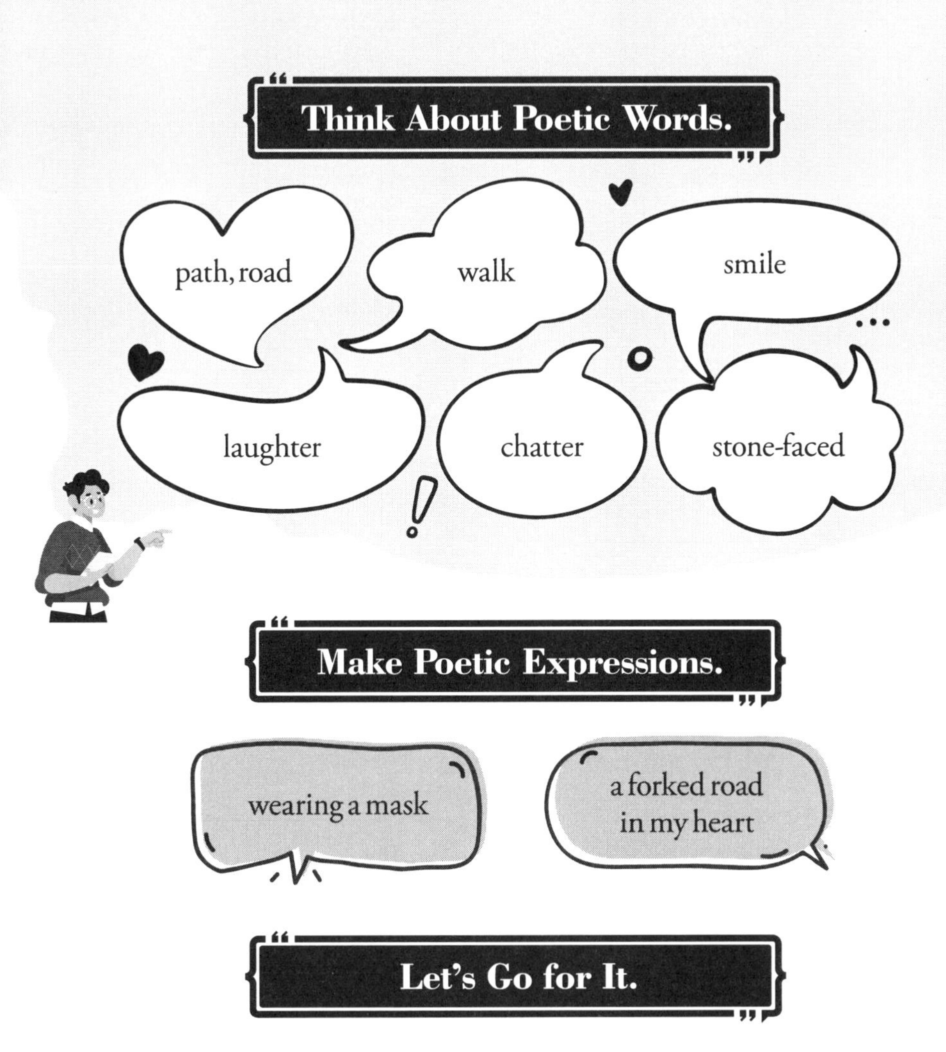

Make Poetic Expressions.

Let's Go for It.

어린시절

방과 후 학교 운동장에서
친구들과 비를 맞으며 축구를 했던
어린 시절 추억

문득 창문을 보니
어린 시절 나와 똑같이
운동장에서 축구를 하고 있는 어린아이들

다른 한 가지는 얼굴에 마스크를 쓰고
숨을 내쉬면서 뛰고 있다는 것

언젠가는 점점 나의 어린 시절 추억도
어린아이들의 마스크처럼
가리워져 없어지는 걸까?

Think About Poetic Words.

Make Poetic Expressions.

It reminds me of my childhood.

take breath

Let's Go for It.

카톡, 전화, 만남대화

카톡으로 전하는 용건
겉모습은 화려하지만
서로에게 무미건조하네.

전화로 통화하는 대화
내용은 전달되었으나
무엇인가 부족하네.

서로 만나서 나누는 대화들
서로의 마음을 보면서
정감있게 서로를 위로하네.

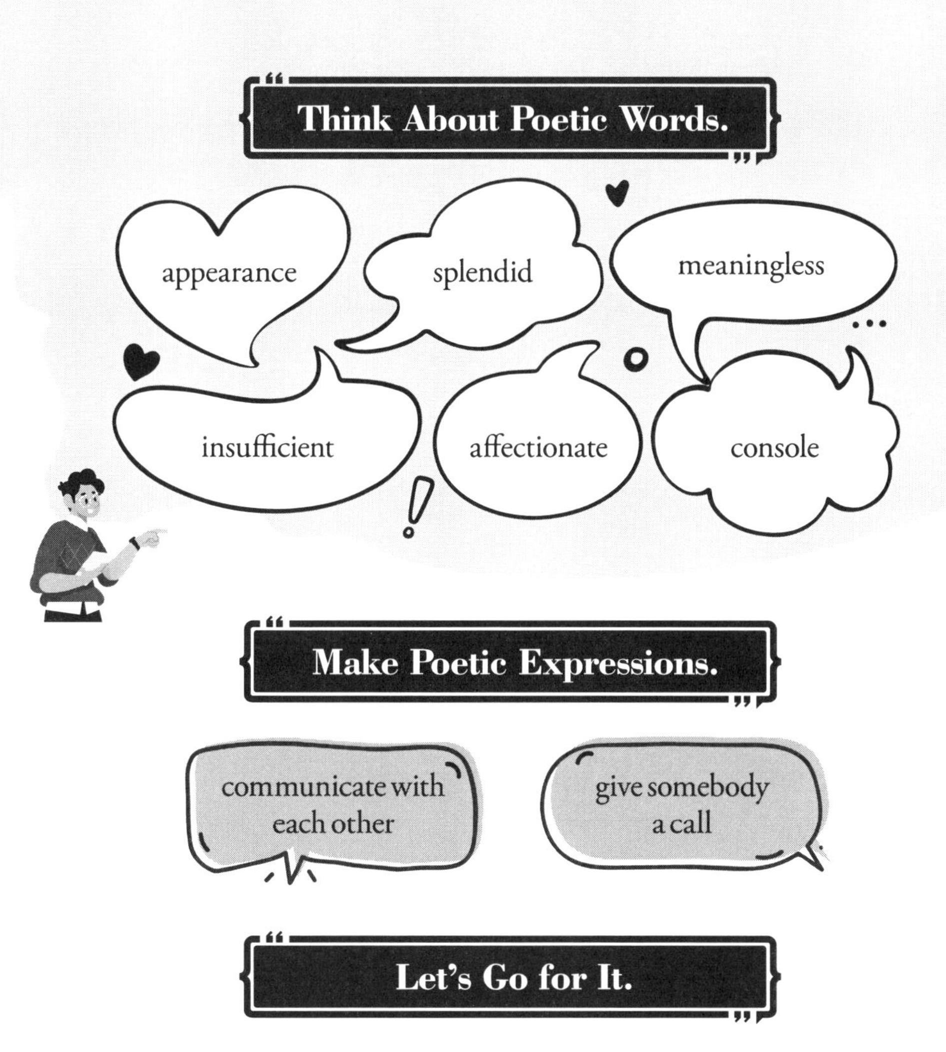
Think About Poetic Words.
appearance
splendid
meaningless
insufficient
affectionate
console
Make Poetic Expressions.
communicate with each other
give somebody a call
Let's Go for It.

아롬

하루에 한 번 내가 나타나면
어디에서 갑자기 나타나
꼬리를 세우고 반겨주는 아롬

나만의 조용한 침묵의 시간에
살포시 나에게로 다가와

머리를 다리에 부딪히며
인사하는 검은 고양이 아롬

쏜살같이 변화하는 세상에
항상 한결같이 다가온 친구

아롬아!
네가 세상과 나보다 낫다.

Think About Poetic Words.

Make Poetic Expressions.

Once a day
whenever I show up.

In my own
quiet time of slience

Let's Go for It.

기상

어린 시절 해가
중천에 떴다고
외치시던 어머니 말씀

군대 시절 기상,
기상하고 외치던
불침번 목소리

이제는 자연스럽게
외침이 없이도
일어나는 나

기상 후 나의 하루는
그때마다 변하면서
해 속으로 사라졌네.

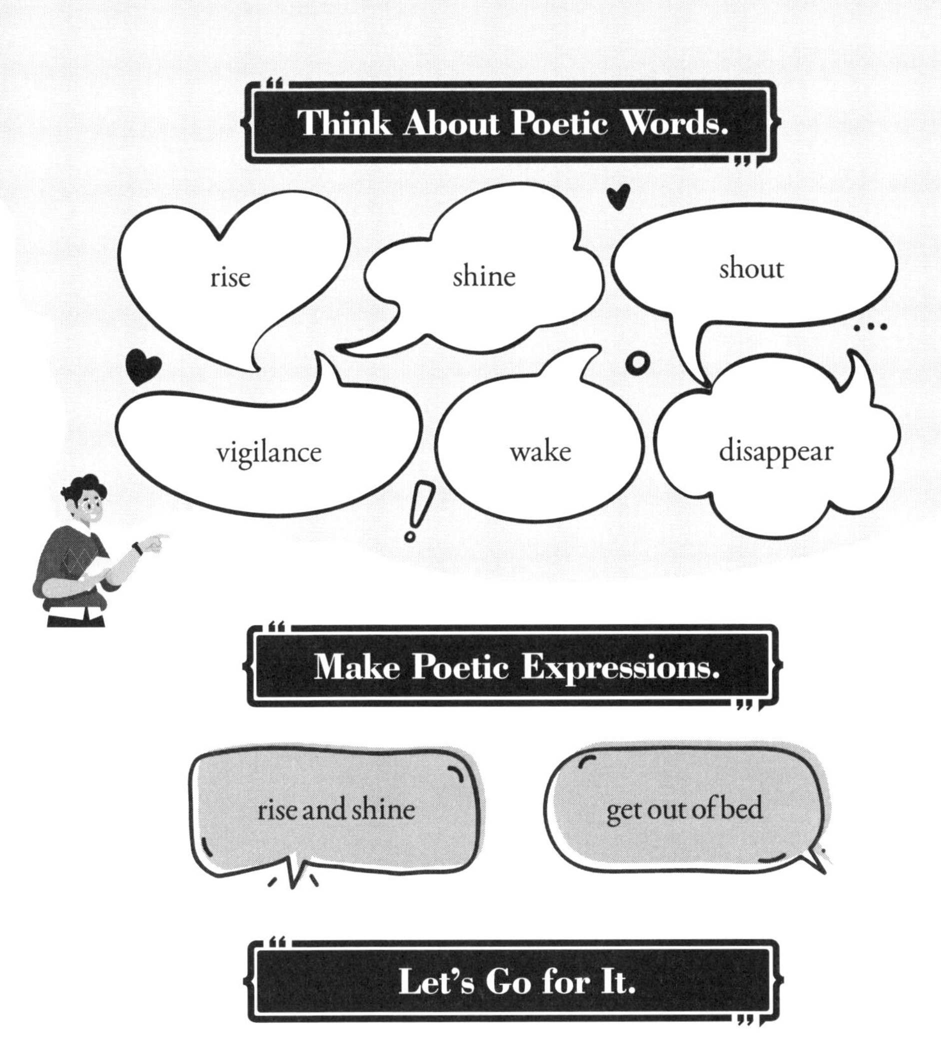
Think About Poetic Words.
rise
shine
shout
vigilance
wake
disappear
Make Poetic Expressions.
rise and shine
get out of bed
Let's Go for It.

코로나

코로나 바이러스!

포스트 코로나!

자연 파괴!

Think About Poetic Words.

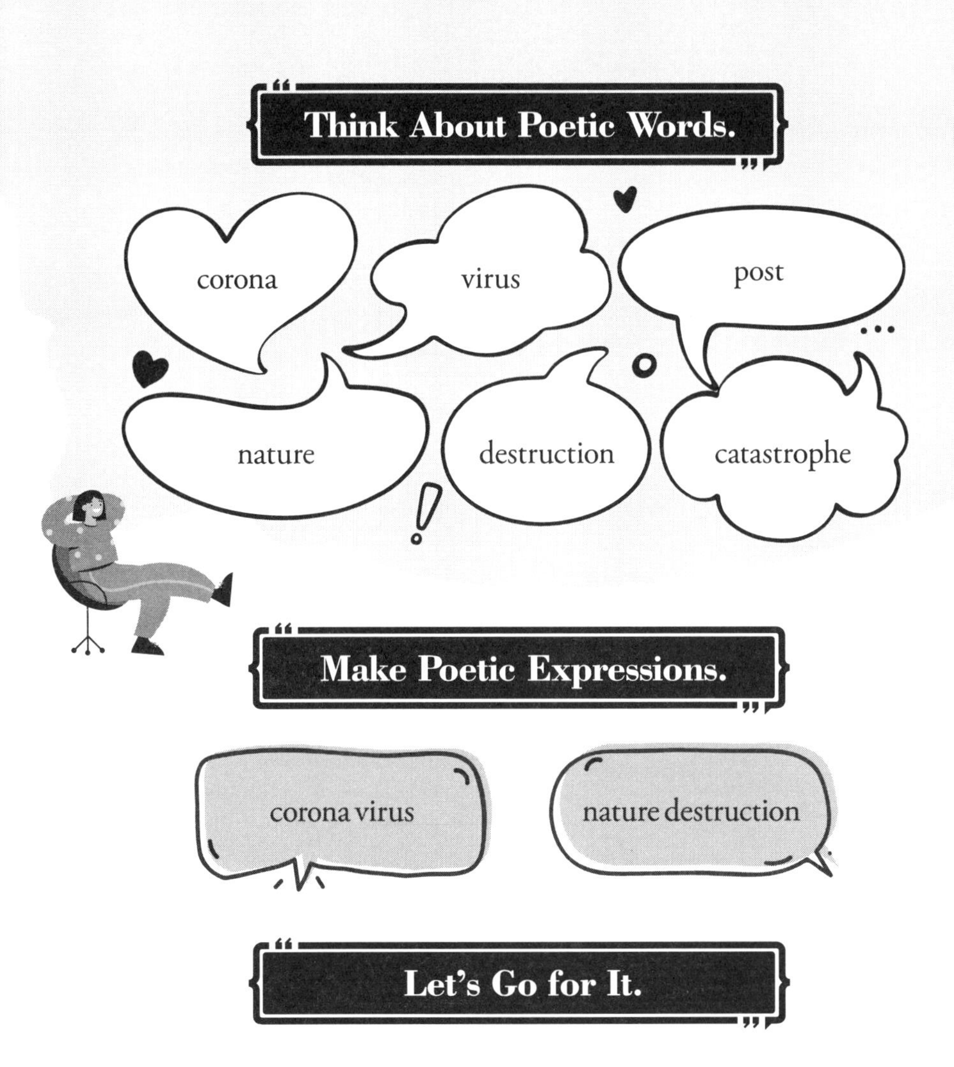

Make Poetic Expressions.

corona virus

nature destruction

Let's Go for It.

삶

어렸을 때 철모르던 시절
얼른 커서 나도
어른이 되고 싶었지.

이제 어른이 되어
한 살 한 살 나이가 들어가니
어린 시절로 돌아가고 싶네.

이제 하루하루의 삶이
늙어가는 과정이 아닌
익어가는 과정이 되고 싶네.

너무 늦게 소중한 것을
깨달은 나

Think About Poetic Words.
childish
adult
childhood
mature
life
realize
Make Poetic Expressions.
getting older
getting mature
Let's Go for It.

나

산딸기, 찔레순 찾아

들로 산으로 다니면서

뛰어놀던 어린 시절

이곳은 편의점, 저곳은 햄버거 가게

돈 있으면 얼마든지 살 수 있는

수많은 음식점들

현재를 살고 있는 나는

내가 아닌 나

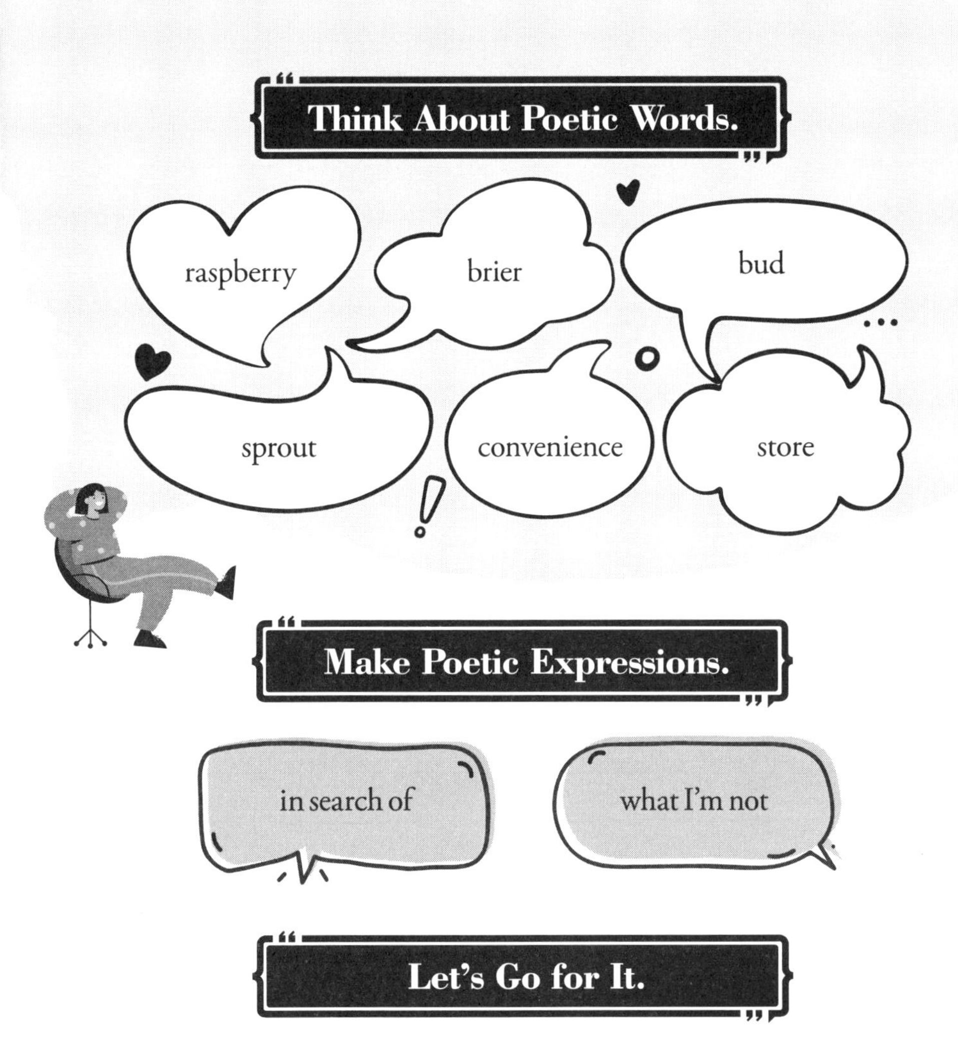
Think About Poetic Words.
raspberry
brier
bud
sprout
convenience
store
Make Poetic Expressions.
in search of
what I'm not
Let's Go for It.

아침이슬

아침 산책길
둘레길에 살포시 내려 앉아있는
풀꽃 위의 아침이슬

도로변의 차위에
편안하게 둥지를 튼
아침이슬

산책 중에
기쁜 마음으로 흠뻑 맞은
아침이슬

햇빛이 영롱한 물방울들을
시샘하여
사라지게 하였네.

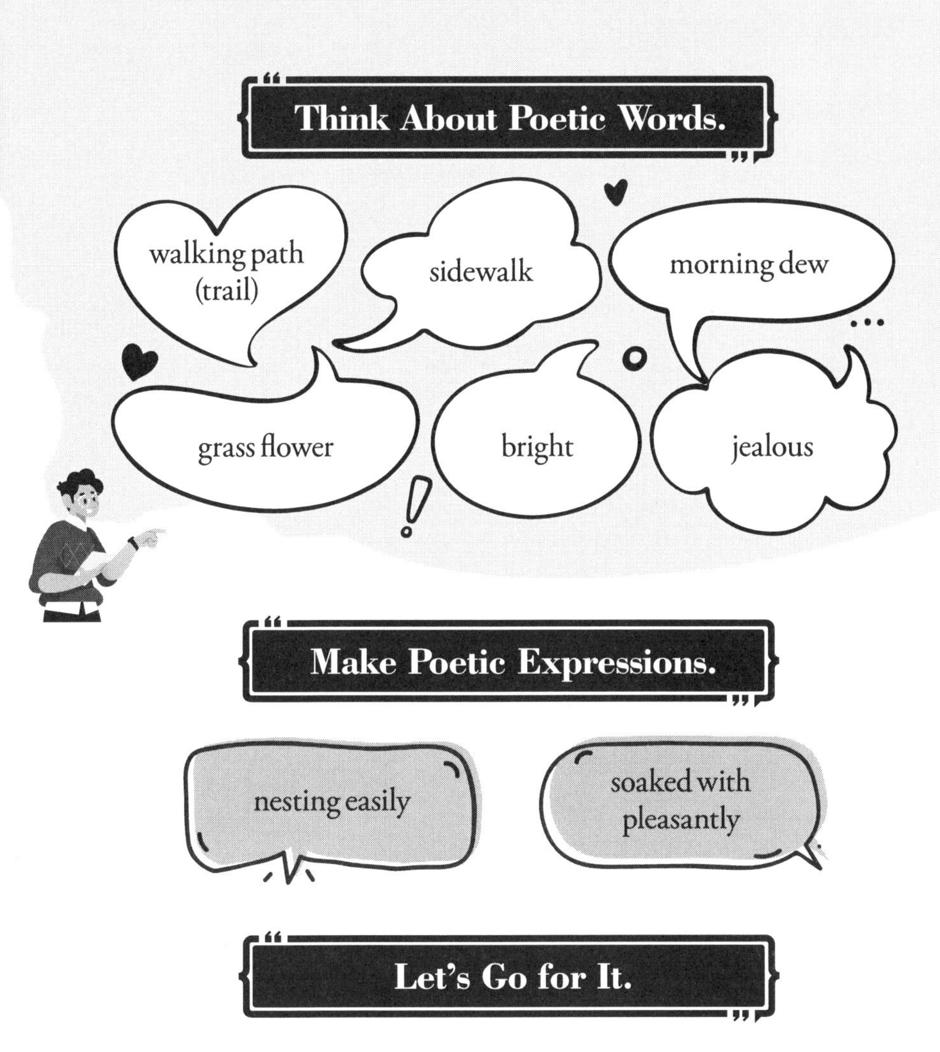
Think About Poetic Words.
walking path (trail)
sidewalk
morning dew
grass flower
bright
jealous
Make Poetic Expressions.
nesting easily
soaked with pleasantly
Let's Go for It.

차 안에서

차창으로 바라보는
스쳐 지나가는 풍경들
마치 한 폭의 파노라마 같네.

큰 산도, 큰 건물도
마치 작은 군상들처럼
내 눈을 스쳐 지나가네.

내 삶의 파노라마도
풍경의 작은 편린들처럼
나의 뇌리에서 스쳐 지나가네.

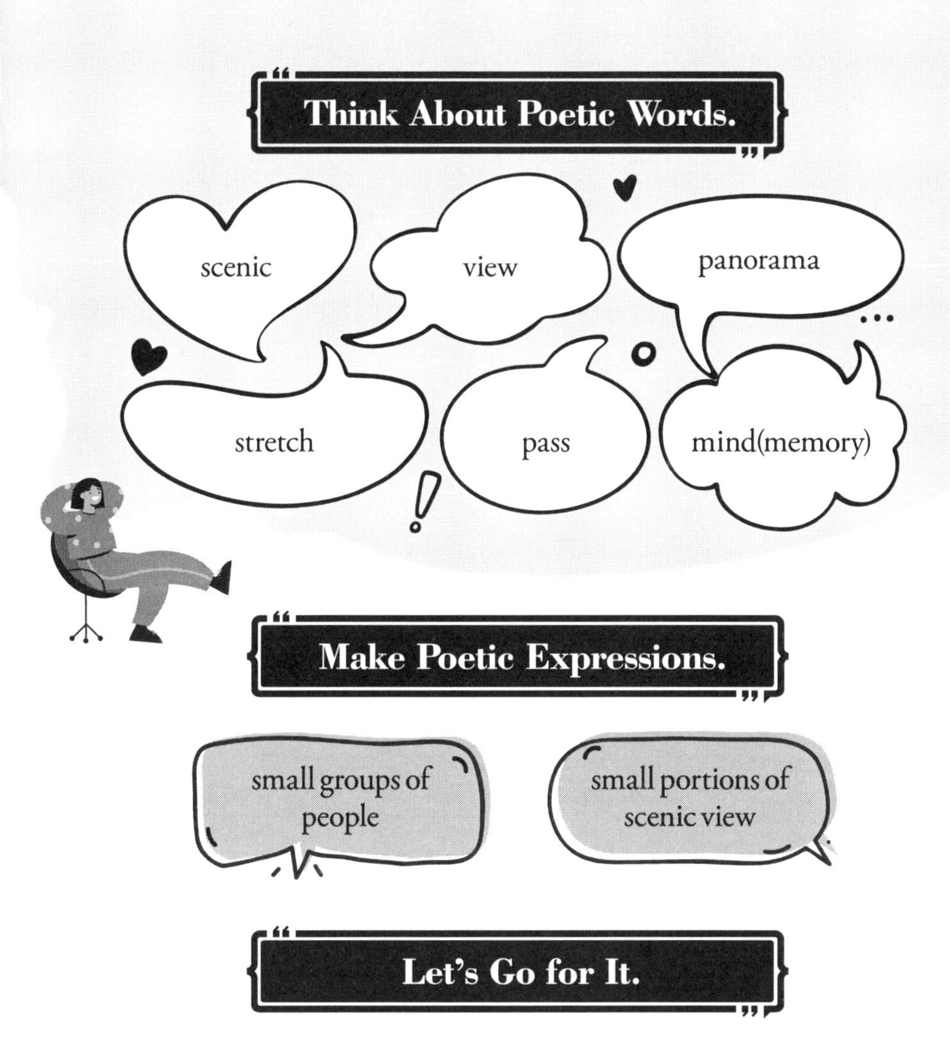
Think About Poetic Words.
scenic
view
panorama
stretch
pass
mind(memory)
Make Poetic Expressions.
small groups of people
small portions of scenic view
Let's Go for It.

아파트

도로 주변에 건설 중인
아파트들
하늘을 찌를 듯이 솟아있네.

우리 삶의 보금자리들
그 안에 인간의 탐욕이
솟아오르지 않기를 바래.

나는 오늘 하루도
내 마음에 다른 것들을
차곡차곡 쌓고 싶다.

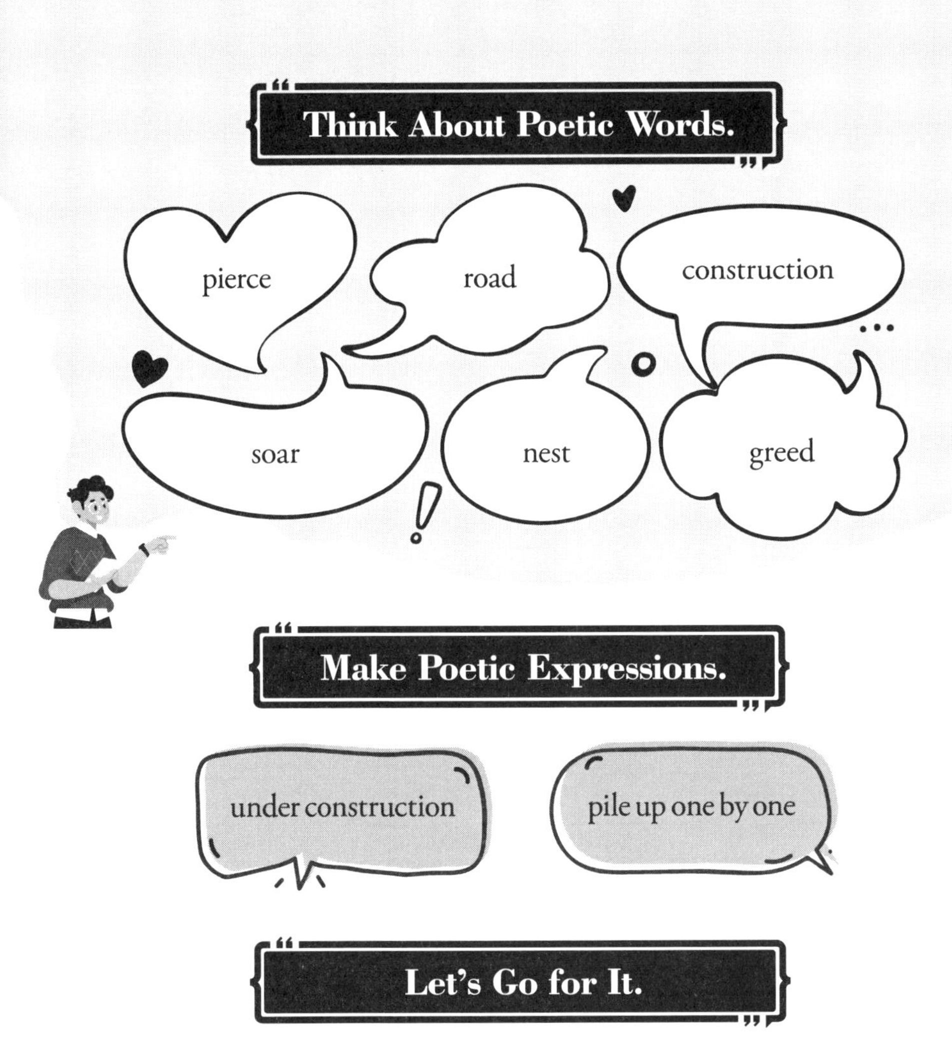
Think About Poetic Words.
pierce
road
construction
soar
nest
greed
Make Poetic Expressions.
under construction
pile up one by one
Let's Go for It.

가을비

어린 시절 마을 어귀에서
집으로 가던 길에 만난 가을비

활짝 핀 코스모스 사잇길로
흙먼지 풍기면서 내리던 비

이제 어른이 되어 우산을 들고
시커먼 아스팔트 위를 거닐다
준비되어 만난 세차게 내린 비

무엇인가 옛날과는 다르게
낯설게 다가오는 비

내리는 비는 서로 같은 비인데
왠지 모르게 서로 다른 비

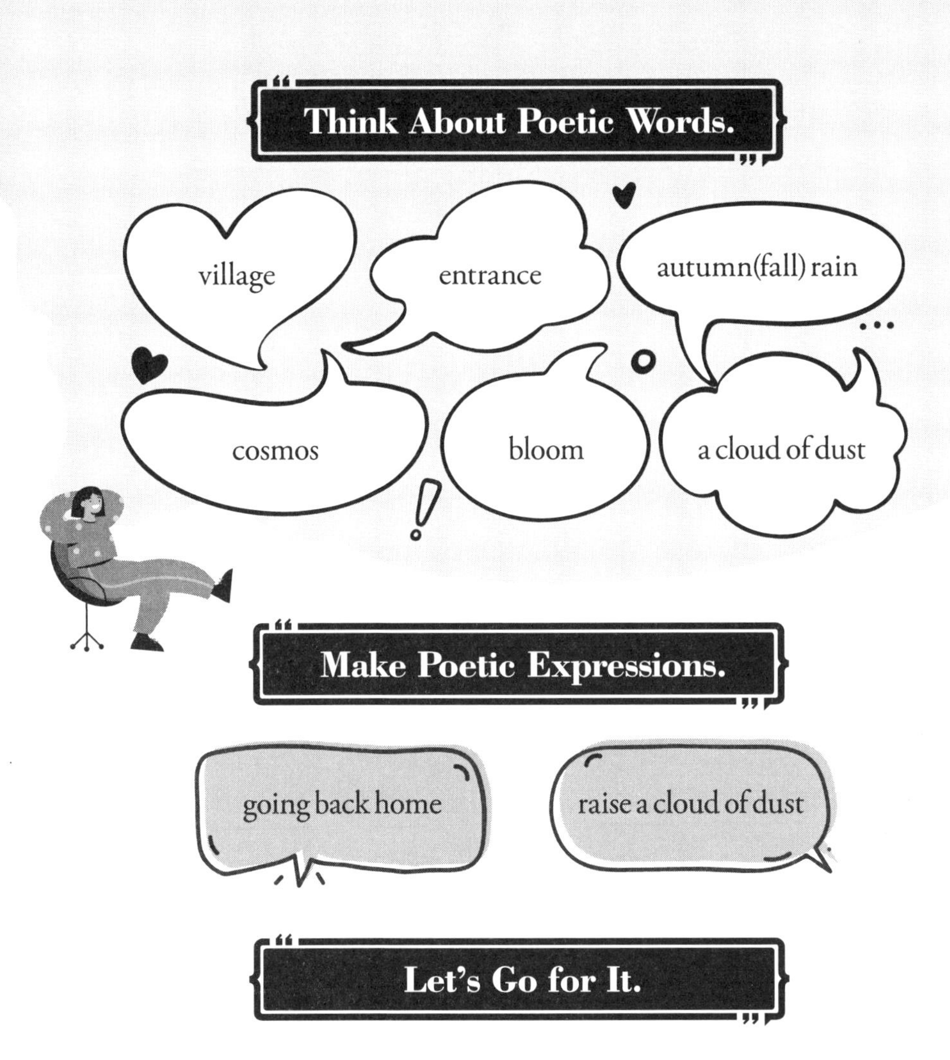

Think About Poetic Words.

Make Poetic Expressions.

Let's Go for It.

가족

삶의 현장에서의 치열한 전투
마음의 휴가를 얻었네.

마음은 벌써 집, 몸은 아직 고속도로
옆집 순희와 철수는 없네.

도란도란 모여 이야기꽃은 없지만
말 없는 이심전심, 따뜻한 정

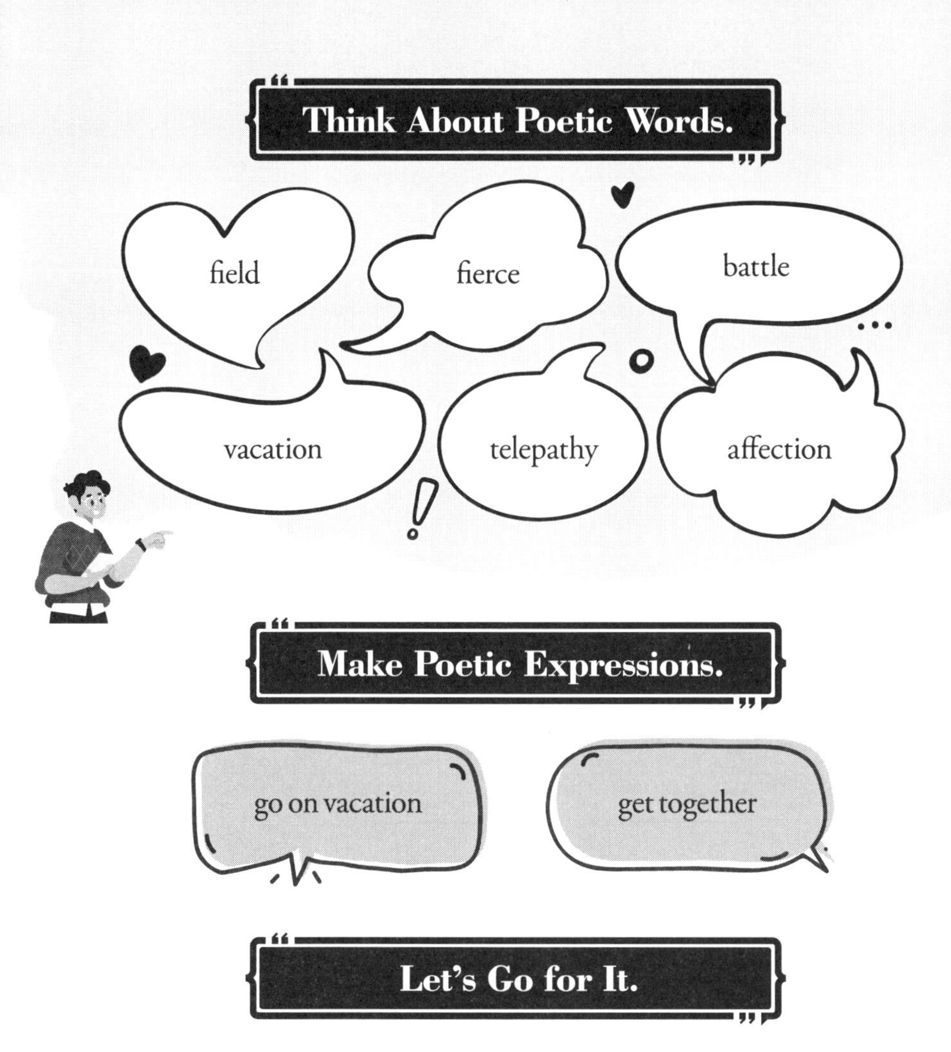
Think About Poetic Words.
field
fierce
battle
vacation
telepathy
affection
Make Poetic Expressions.
go on vacation
get together
Let's Go for It.

산책길

이른 아침, 청명한 가을하늘
앞산으로 올라가는 산책길

어제 내린 비로 신록은
더욱 푸르름을 머금고

산에 올라 보니
인적과 차는 온데간데없고

하늘만 한 폭의 수채화처럼
푸르름만 더해가네.

나도 하나의 자연의 티끌
이 자연 속으로 서서히 사라져 버리네.

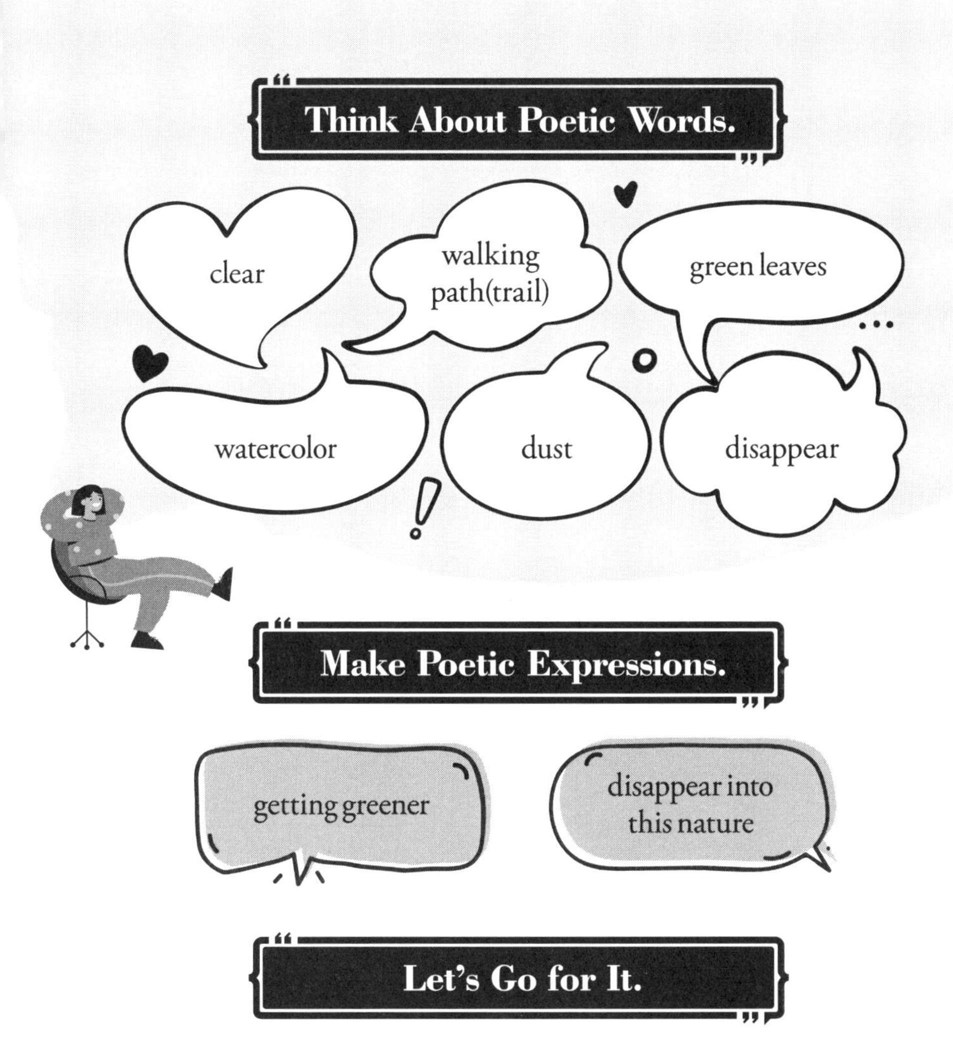
Think About Poetic Words.
clear
walking path(trail)
green leaves
watercolor
dust
disappear
Make Poetic Expressions.
getting greener
disappear into this nature
Let's Go for It.

올라가자

올라가자, 올라가자
정상의 아름다운 경치
발아래 도시의 풍광

올라가자, 올라가자
고층빌딩의 화려한 모습
저 아래 나지막한 주택들

올라가자, 올라가자
인간의 욕망과 탐욕 끝까지
아래에는 울부짖는 민초들

Think About Poetic Words.

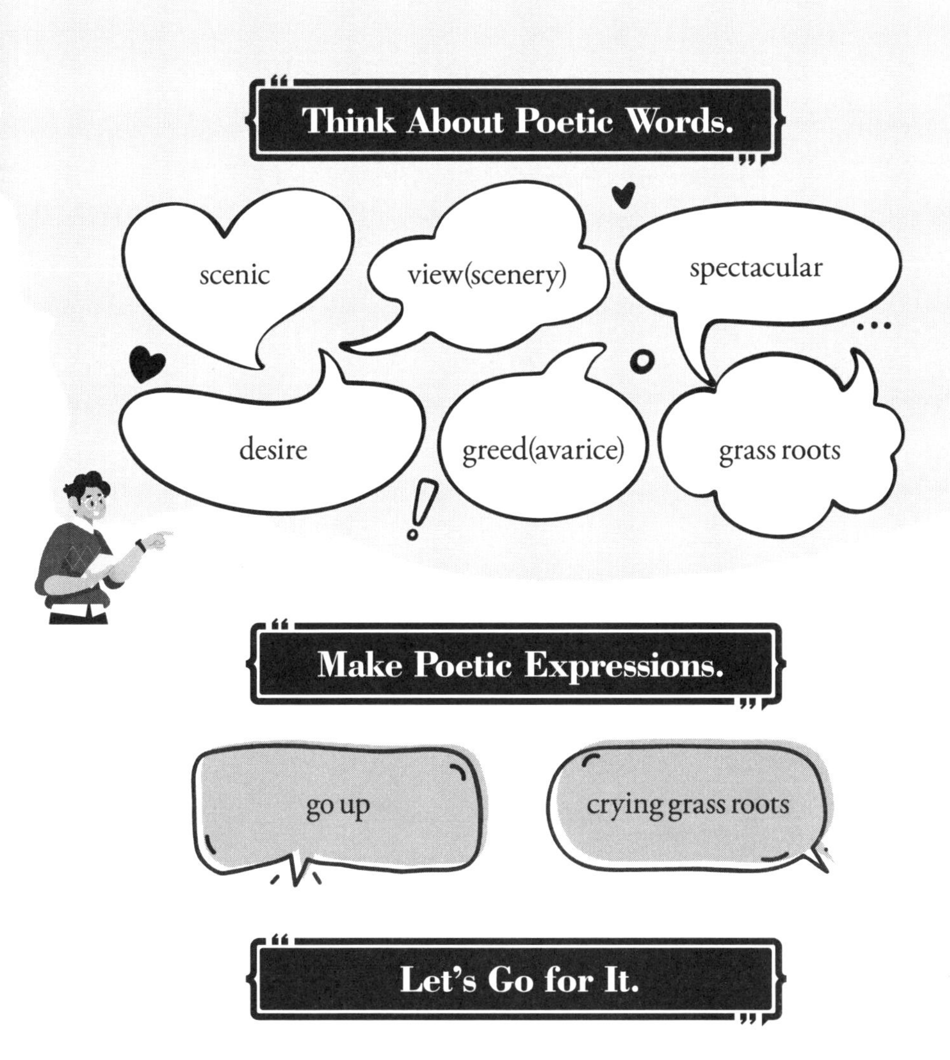

Make Poetic Expressions.

Let's Go for It.

그때는 몰랐네

그때는 몰랐네.

평범한 일상이

왜 이리 소중한지를

그때는 몰랐네

우리 하나하나의 움직임이

생명의 움직임을

아! 이제 우리 깨닫네.

우리의 행복은

일상의 소소함에 있다는 것을

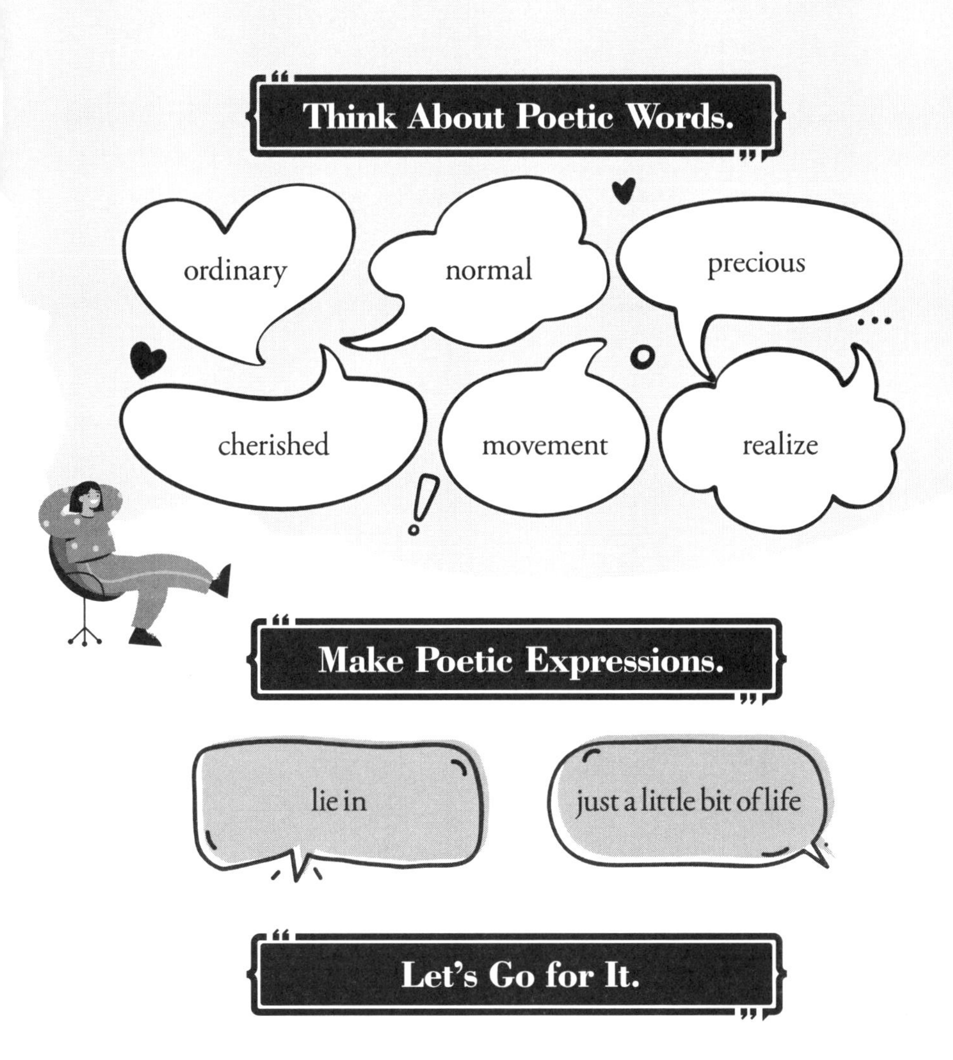
Think About Poetic Words.
ordinary
normal
precious
cherished
movement
realize
Make Poetic Expressions.
lie in
just a little bit of life
Let's Go for It.

그리움

도시의 웅장한 빌딩 숲과
혼잡한 도로 사이를 뚫고서
얼굴이 없는 사람들이 걷고 있네.

말없이 횡단보도를 지나서
적막한 건물 안으로
로봇들처럼 들어가고 있네.

승강기 안으로 들어가면서
마치 인간 본연의 모습을
그리워하듯이 뒤를 돌아보네.

Think About Poetic Words.

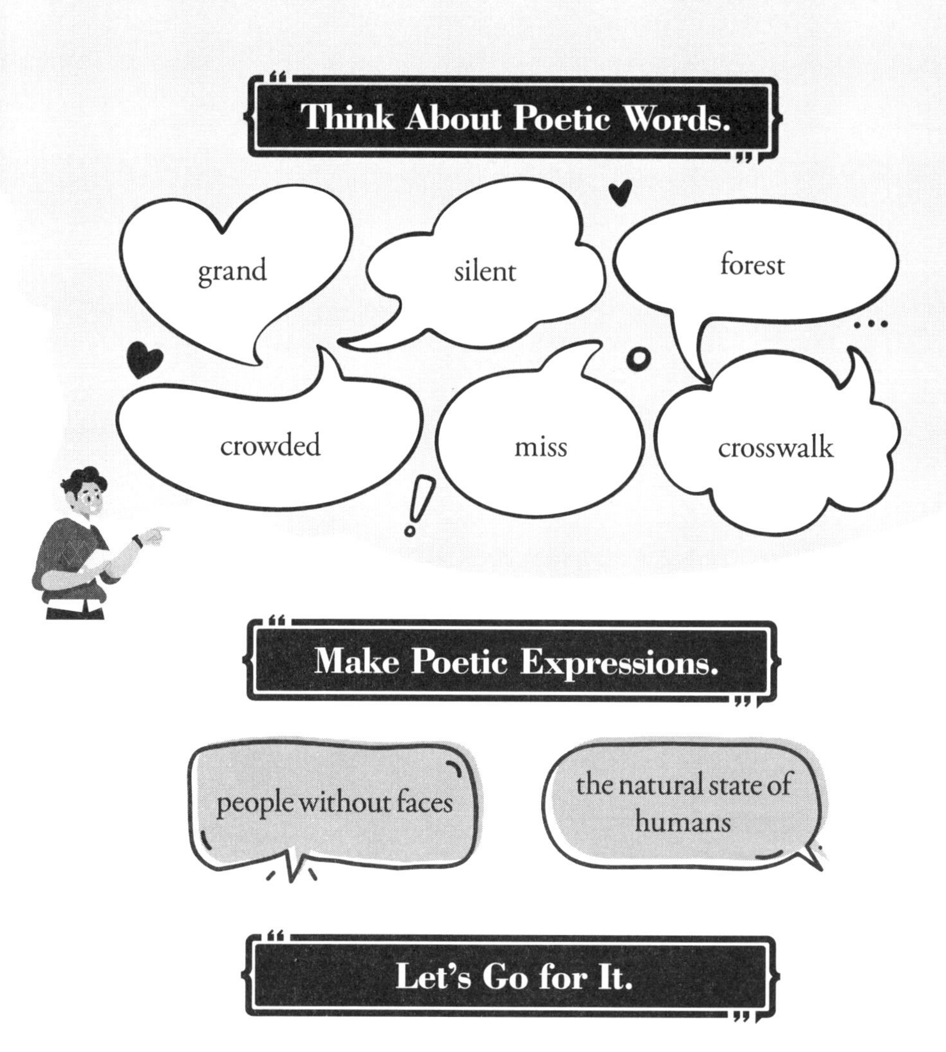

Make Poetic Expressions.

people without faces

the natural state of humans

Let's Go for It.

울고 있는 지구

지구가 온몸이 아프다고
어린아이처럼 가엾게
우리를 바라보고 있네.

온몸이 쑤시고 아파서
병원에 가자고 하는데
우리는 참으면 낫는다고 하네.

더 큰 병이 되기 전에
치료해달라고 애원하는데
우리는 괜찮다고 계속 부리네.

Think About Poetic Words.
ache
poor
endure
implore
cure
exploit
Make Poetic Expressions.
getting better
getting worse
Let's Go for It.

투명인간

투명 인간들이 바쁘게
도로 위를 걷고 있네.

모두 모두 급하게
일터로 향하고 있네.

서로서로 알아보지를 못하고
일터 주변에는 아무도 없네.

끊임없이 작동하고 있는 기계처럼
나 혼자 열심히 일하고 있네.

나도 너를 못 보고
너도 나를 못 보네.

그저 열심히 일하면서
나는 나인데 나를 잃어버렸네.

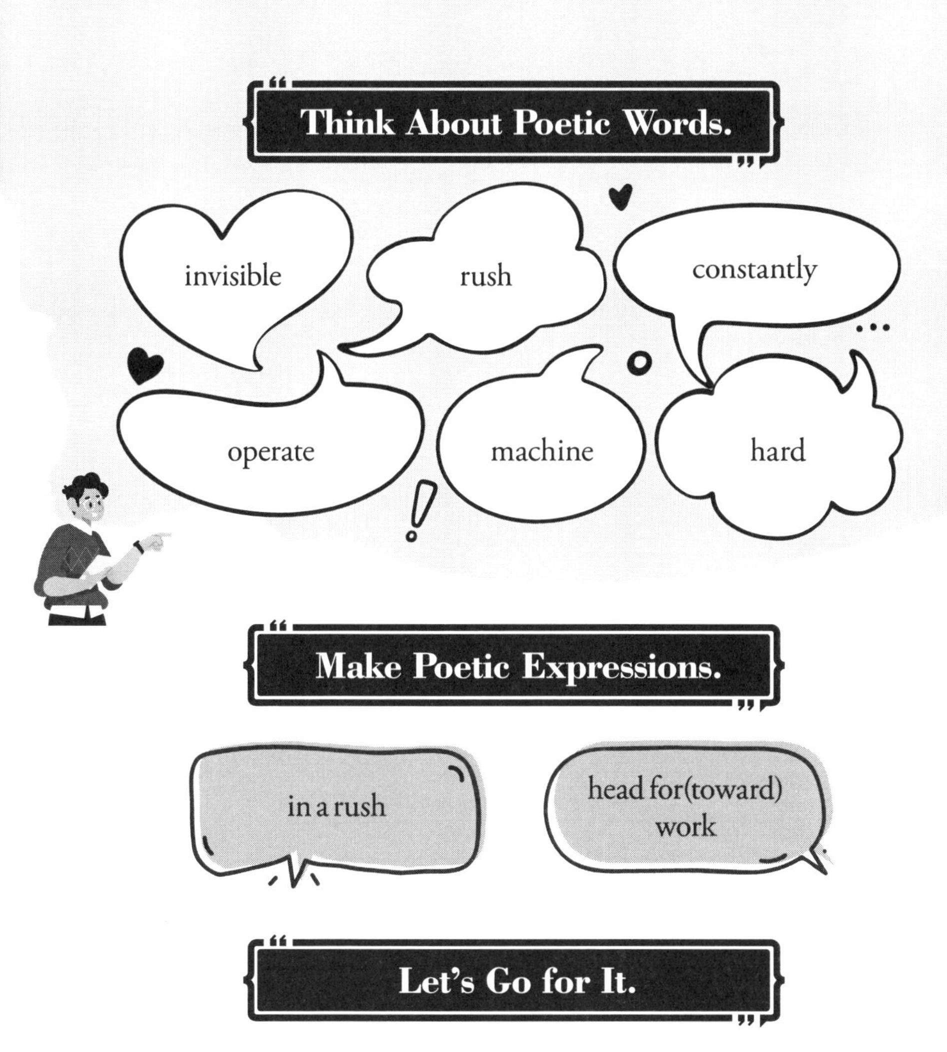
Think About Poetic Words.
invisible
rush
constantly
operate
machine
hard
Make Poetic Expressions.
in a rush
head for(toward)
work
Let's Go for It.

단풍나무

아침 산책길에 만났던
연초록빛 단풍나무 잎
무심결에 지나쳤네.

밤 산책길에 다시 만난
그 단풍나무 잎
가로등 불빛을 받아
황홀한 광채를 내뿜고 있네.

잠시 멈춰 멍하니 바라보다가
나도 몰래 연초록빛
단풍나무가 되어버렸네.

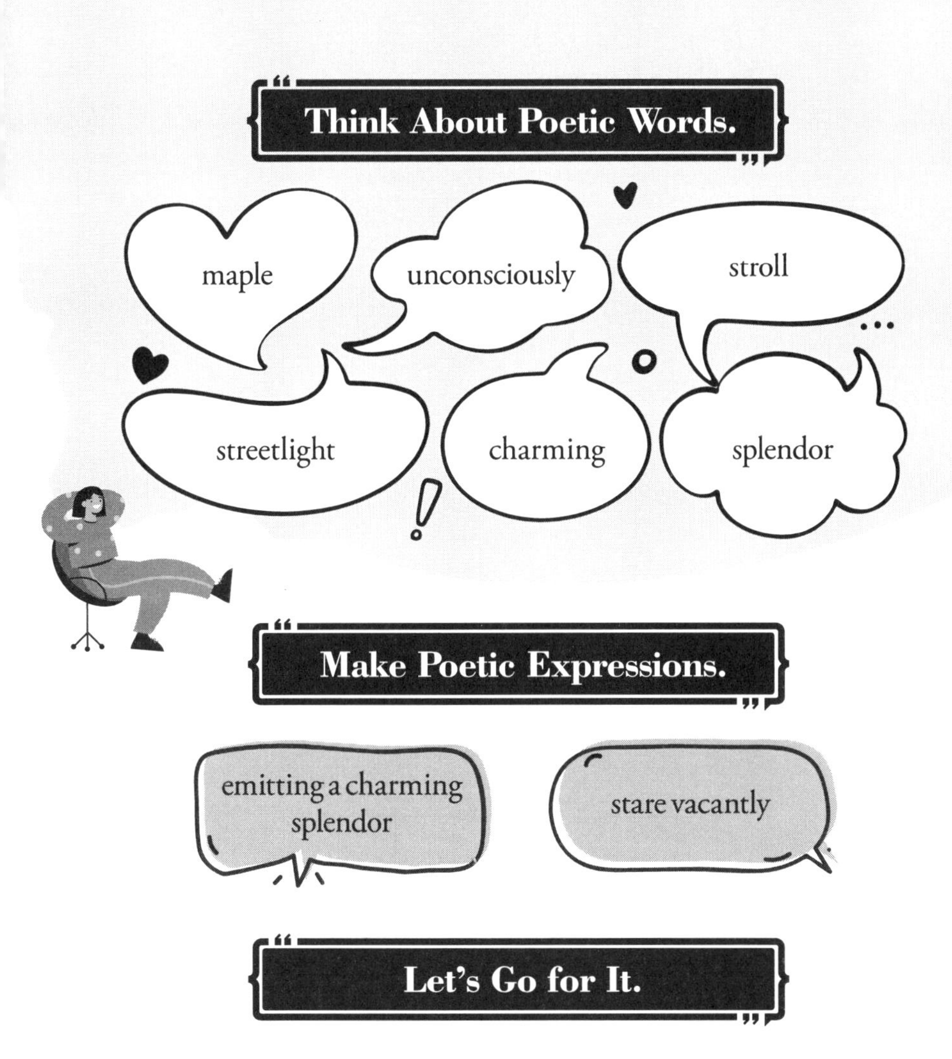
Think About Poetic Words.
maple
unconsciously
stroll
streetlight
charming
splendor
Make Poetic Expressions.
emitting a charming splendor
stare vacantly
Let's Go for It.

아이러니

코로나바이러스!
길가와 동네에
인적이 거의 없네.

쾌적한 아침 공기!
내 마음 깊은 곳을
아프게 후비네.

바이러스와 깨끗한 공기
신의 절묘한 조화인가?
인간이 만들어낸 아이러니인가?

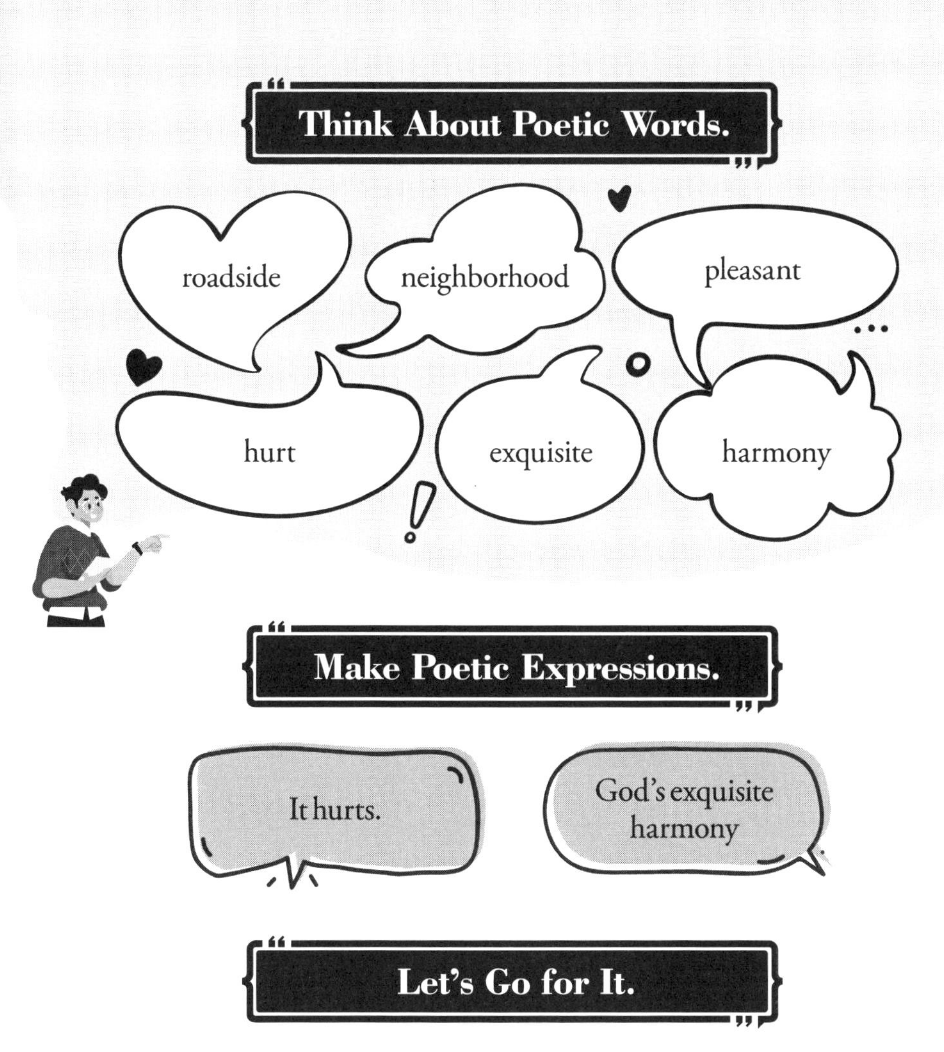
Think About Poetic Words.
roadside
neighborhood
pleasant
hurt
exquisite
harmony
Make Poetic Expressions.
It hurts.
God's exquisite harmony
Let's Go for It.

가을 하늘

청명한 가을 하늘
도심의 코스모스 길
그 길을 홀로 걷고 있네.

문득 어린 시절
시골의 코스모스 길
얼굴에 웃음이 깃드네.

도심의 길을 걷다가
타임머신을 타고
어린 시절로 사라져버렸네.

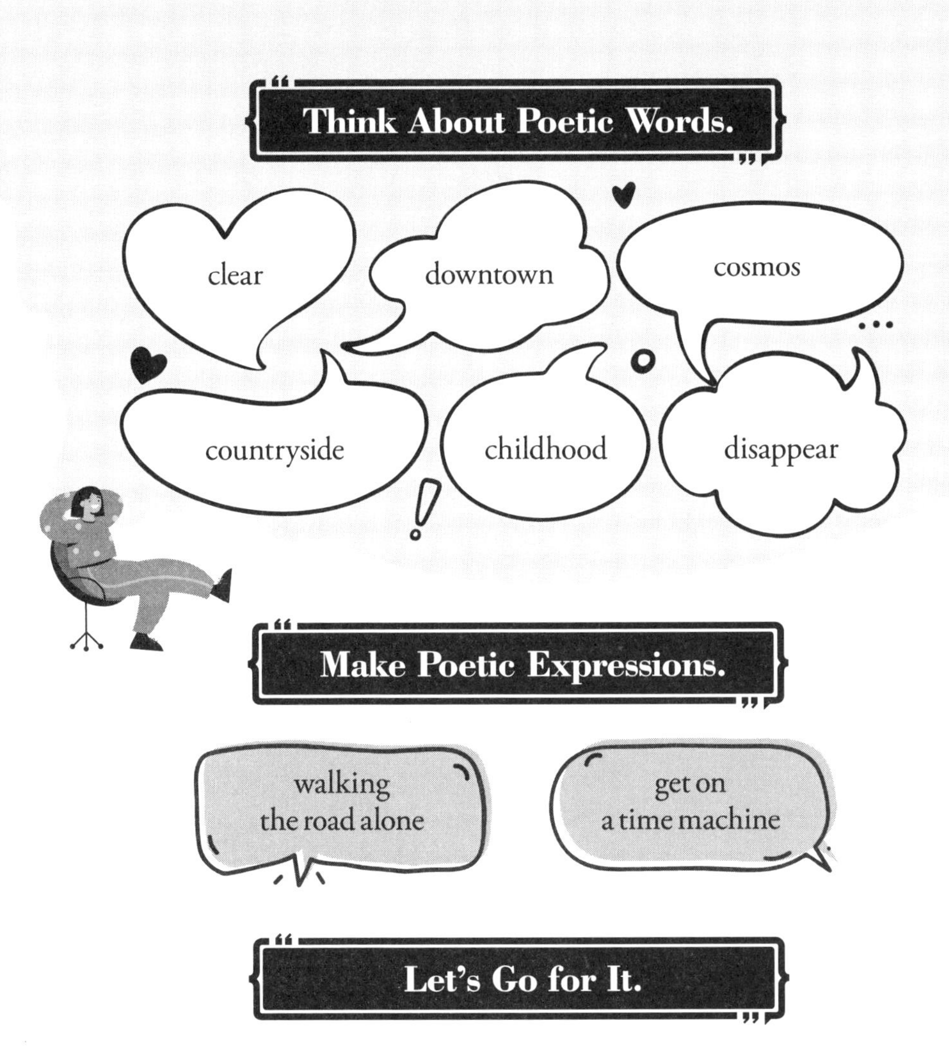
Think About Poetic Words.
clear
downtown
cosmos
countryside
childhood
disappear
Make Poetic Expressions.
walking
the road alone
get on
a time machine
Let's Go for It.

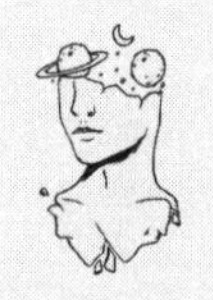

일상생활

머리가 작동한다.
이성의 날카로움
한 치의 오차도 없이
우주를 파헤친다.

가슴이 움직인다.
태초 엄마의 품속
삭막한 사막을
낙타를 타고 걷는다.

하루가 지나간다.
나와 혼연일체
나의 이성과 감성이
지구를 둘러싼다.

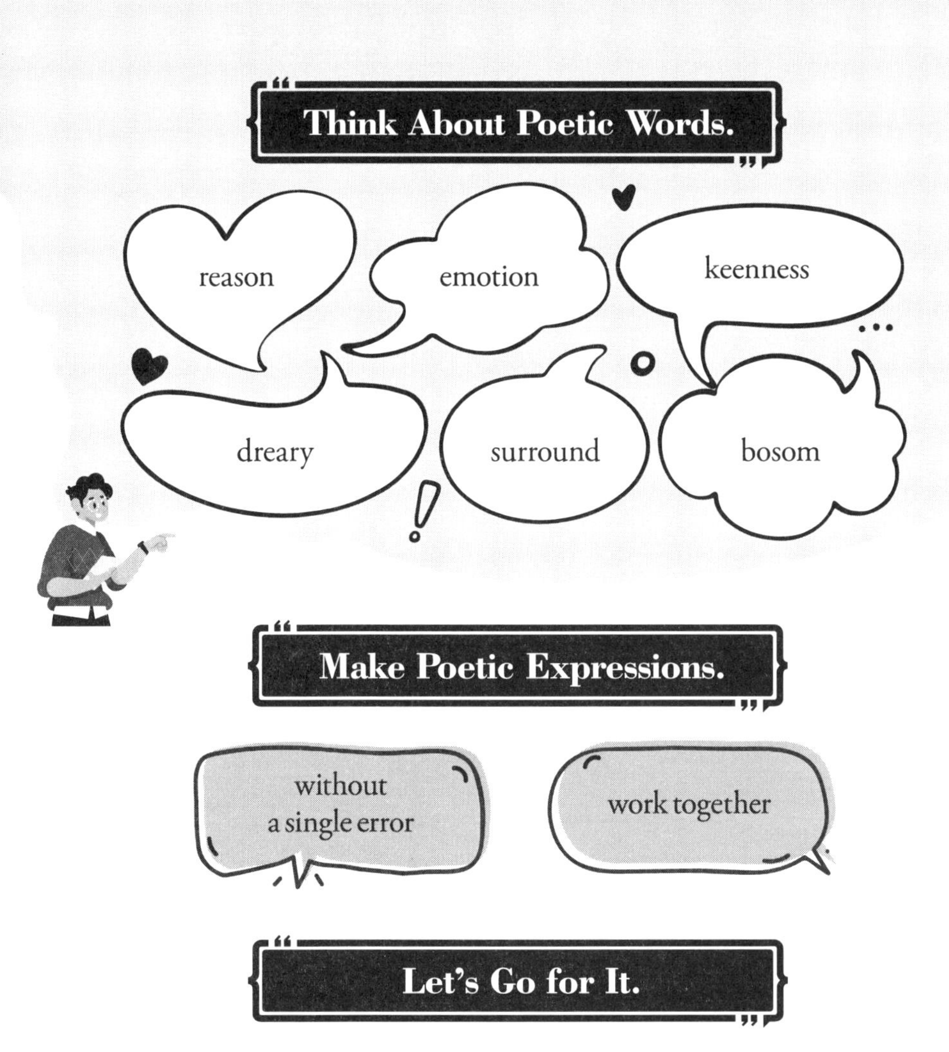
Think About Poetic Words.
reason
emotion
keenness
dreary
surround
bosom
Make Poetic Expressions.
without a single error
work together
Let's Go for It.

언행불일치

혀가 춤을 춘다.
자유로운 우주 안에서
온갖 춤을 춘다.

우주가 손짓한다.
모두 손을 마주 잡고
덩실덩실 한바탕
춤을 춘다.

나의 몸에서 나와서
나의 몸이 아닌 다른 나와
엇박자 춤을 춘다.

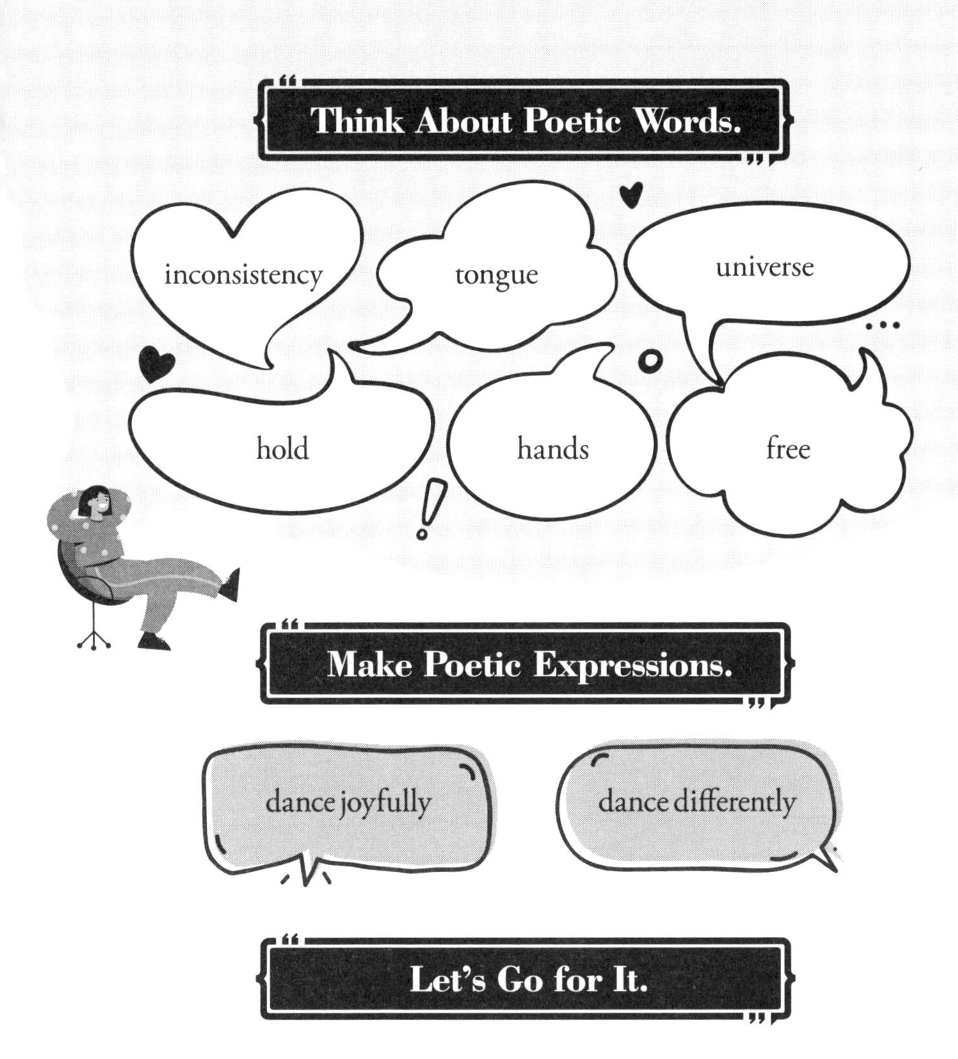
Think About Poetic Words.
inconsistency
tongue
universe
hold
hands
free
Make Poetic Expressions.
dance joyfully
dance differently
Let's Go for It.

그리움

예전에 나 그리워하였네.
떨리는 손을 가져다 대면
금방 터져 나올 것 같은
파란 하늘, 파란 물방울들

나 이제 그리워하네.
누군가의 따뜻한 말 한마디
우리 모두의 말의 향연

나는 그리움을 머금고 살고
그리움도 나를 머금고 사네.

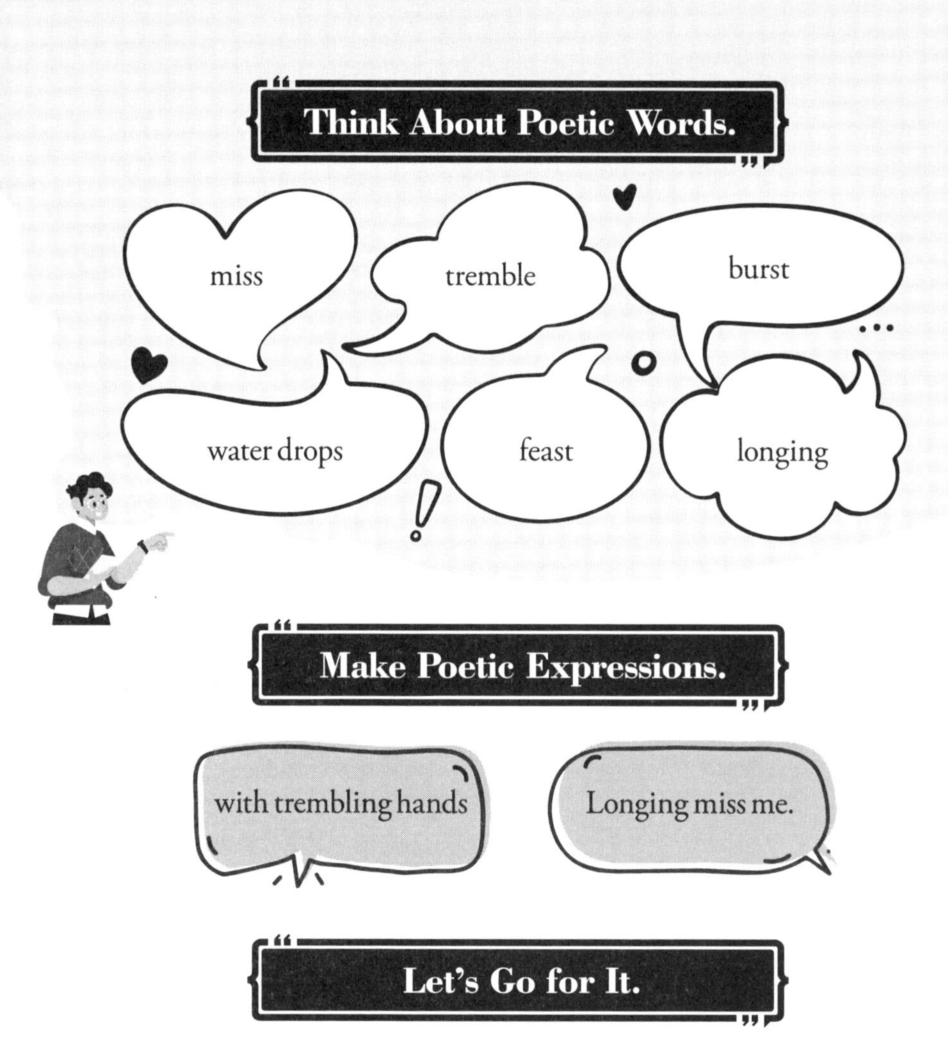

Think About Poetic Words.

Make Poetic Expressions.

Let's Go for It.

삶

내 몸의 삶
오늘도 밖으로 향하네.

내 마음의 삶
자꾸만 안으로 들어오네.

나는 하나인데
두 가지 삶이 꿈틀거리네.

나는 오늘도
나의 삶을 찾아
끊임없는 항해를 하네.

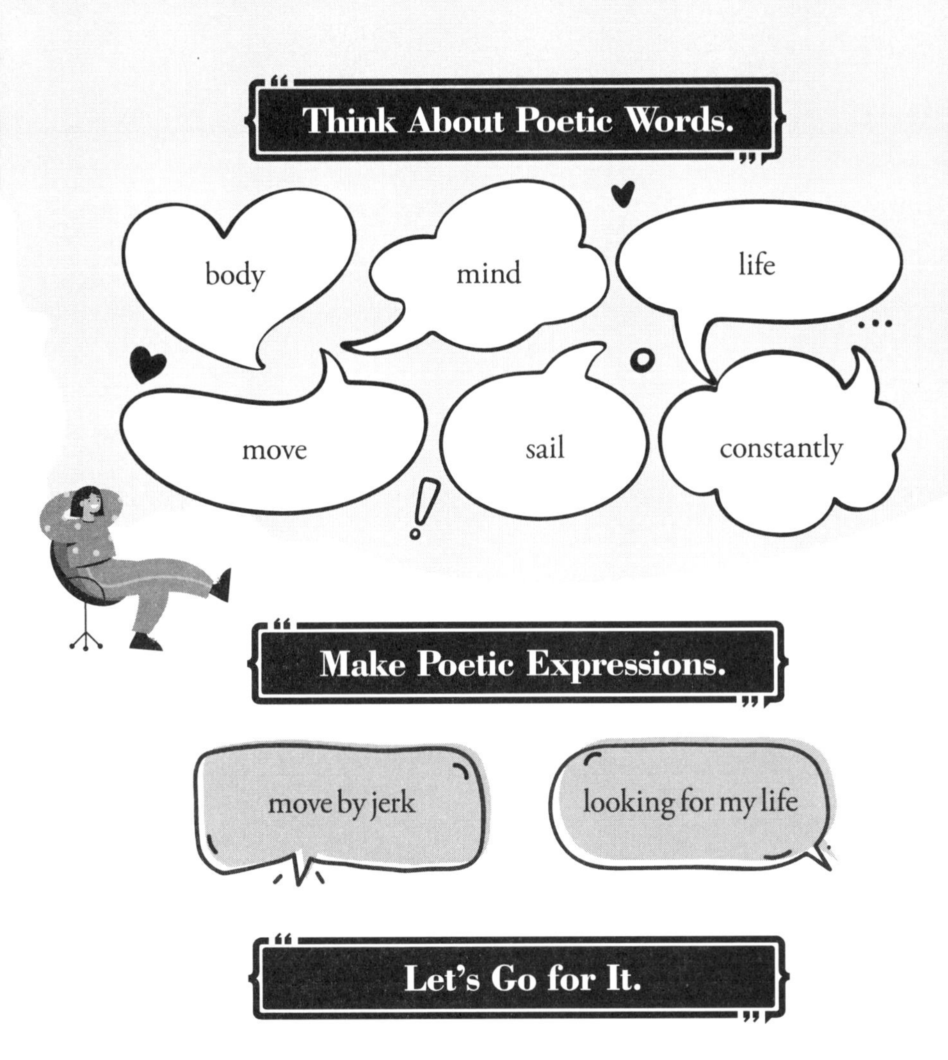
Think About Poetic Words.
body
mind
life
move
sail
constantly
Make Poetic Expressions.
move by jerk
looking for my life
Let's Go for It.

멈춤

사람들의 욕망과 행동이 멈추니
자연이 행동을 시작하여
자연이 원상태로 돌아오네.

싱그러운 아침 공기
더욱 푸르름을 더해가는 신록

나도 마음을 비우니
자연 속으로 사라져
한 떨기 처절한 꽃이 되네.

Think About Poetic Words.

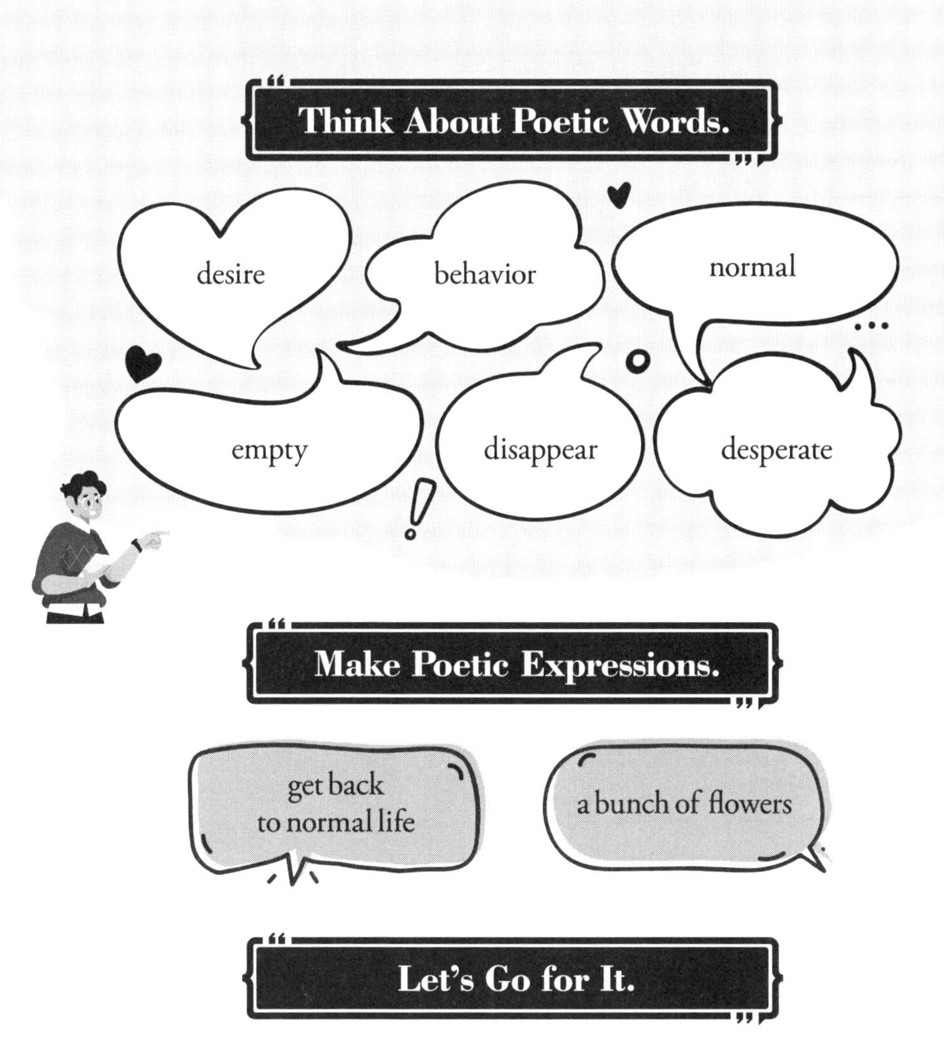

Make Poetic Expressions.

get back
to normal life

a bunch of flowers

Let's Go for It.

친구

처음에 우리는 마음이 하나였어.
서로의 목표도 하나였지.
같은 길을 함께 뚜벅뚜벅 걸어갔지.

이제 세월이 흘러 서로 다른 목표를 향해
인생의 험로를 따라서
서로 다른 길을 달려가고 있어.

먼 훗날 세월이 흘러
서로 같은 목표 지점에서
서로 같은 마음으로 다시 만나는
친구가 되고 싶어.

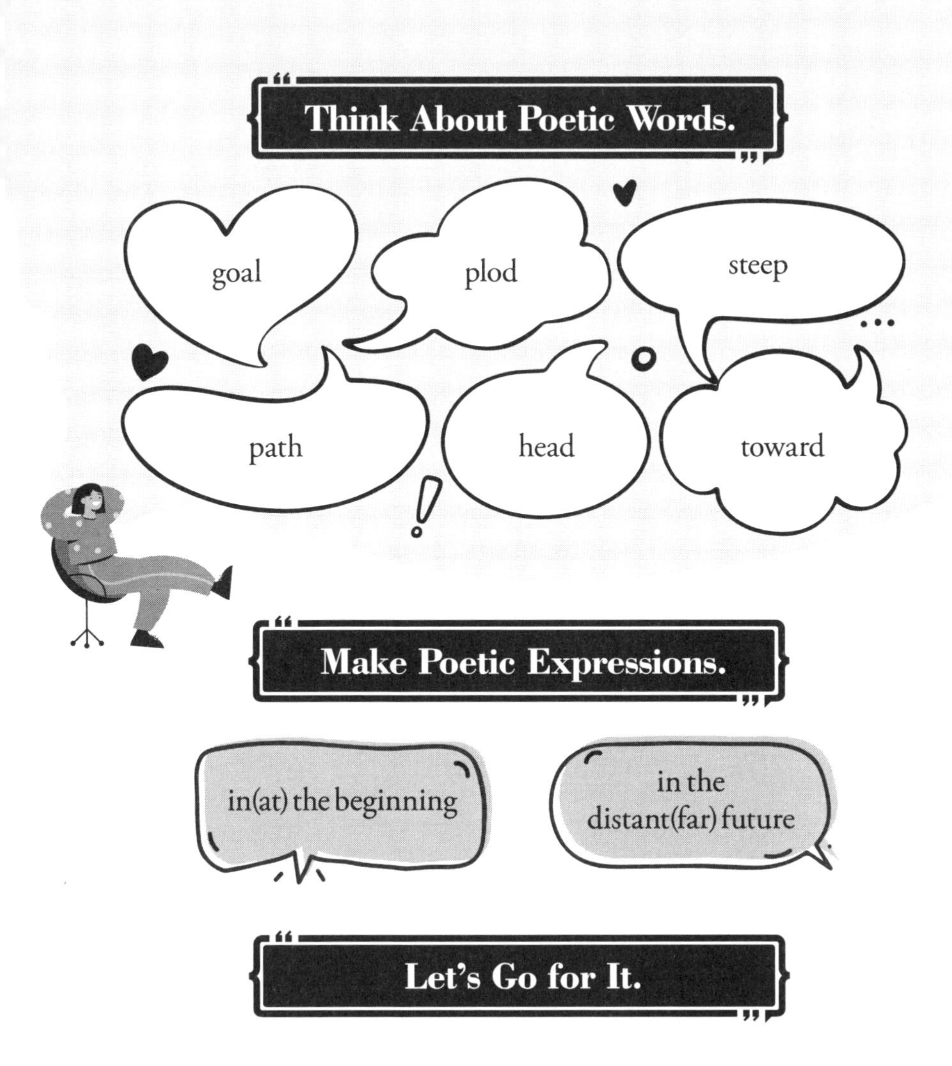
Think About Poetic Words.
goal
plod
steep
path
head
toward
Make Poetic Expressions.
in(at) the beginning
in the
distant(far) future
Let's Go for It.

이상한나라의 앨리스

나 앨리스처럼
이상한 나라에
도착했네.

긴 어둠의 터널을 뚫고
문명을 좇아 달려서
여기까지 와 있네.

여기저기 화려한 건물들
풍요롭게 넘쳐나는 물건들
기후 변화와 바이러스 공격

나 이제 나 살던 곳
콩 한 쪽도 나누어 먹고
없어도 마냥 행복했던
마음의 고향으로 가고 싶네.

Think About Poetic Words.

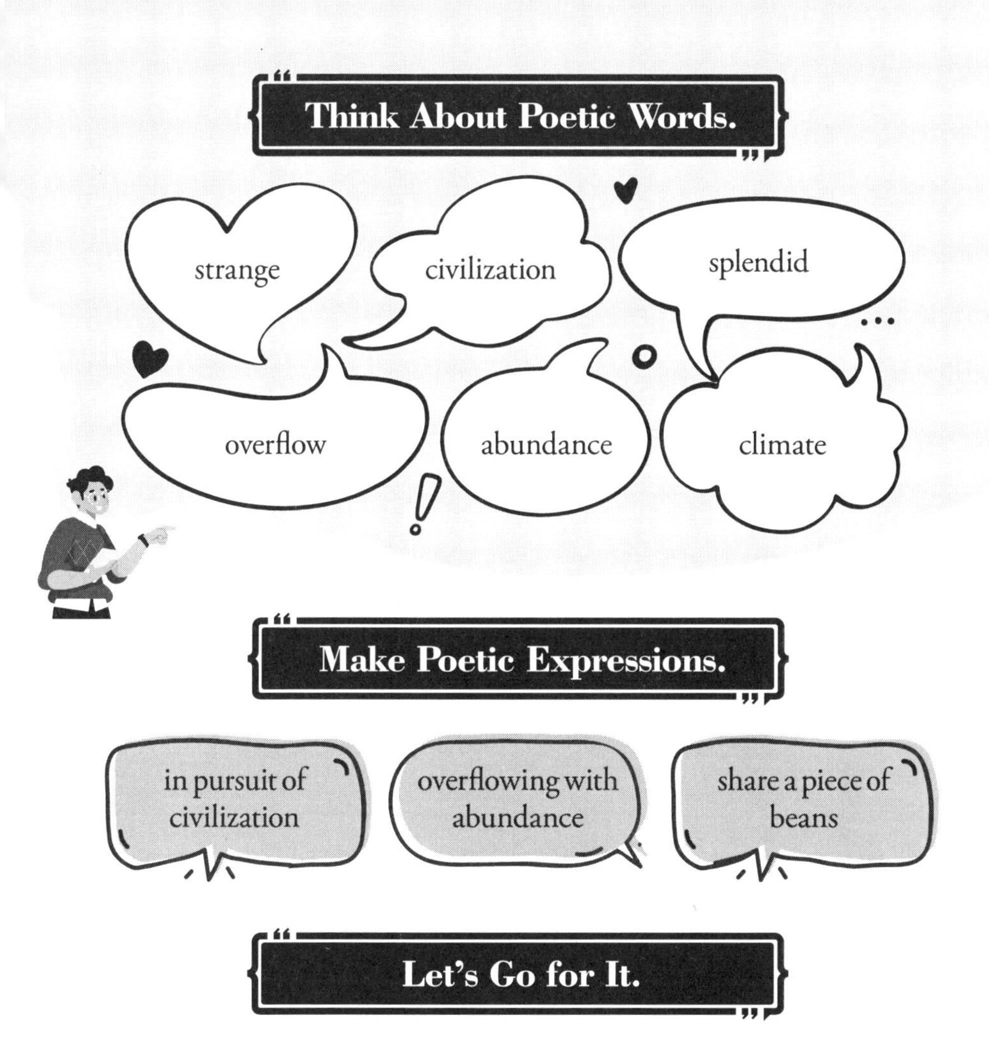

Make Poetic Expressions.

Let's Go for It.

인간과자연

인간의 욕심이 줄어드니
자연이 되살아난다.

보라! 저 푸른 숲을
지저귀는 새들을

머지않아 다시 인간의 욕심이
꿈틀거리기 시작하면
자연은 다시 아프기 시작하겠지.

나 자신 욕심 덩어리
마음속의 욕심을 지우니
한 점 자연의 일부로 돌아가네.

Think About Poetic Words.

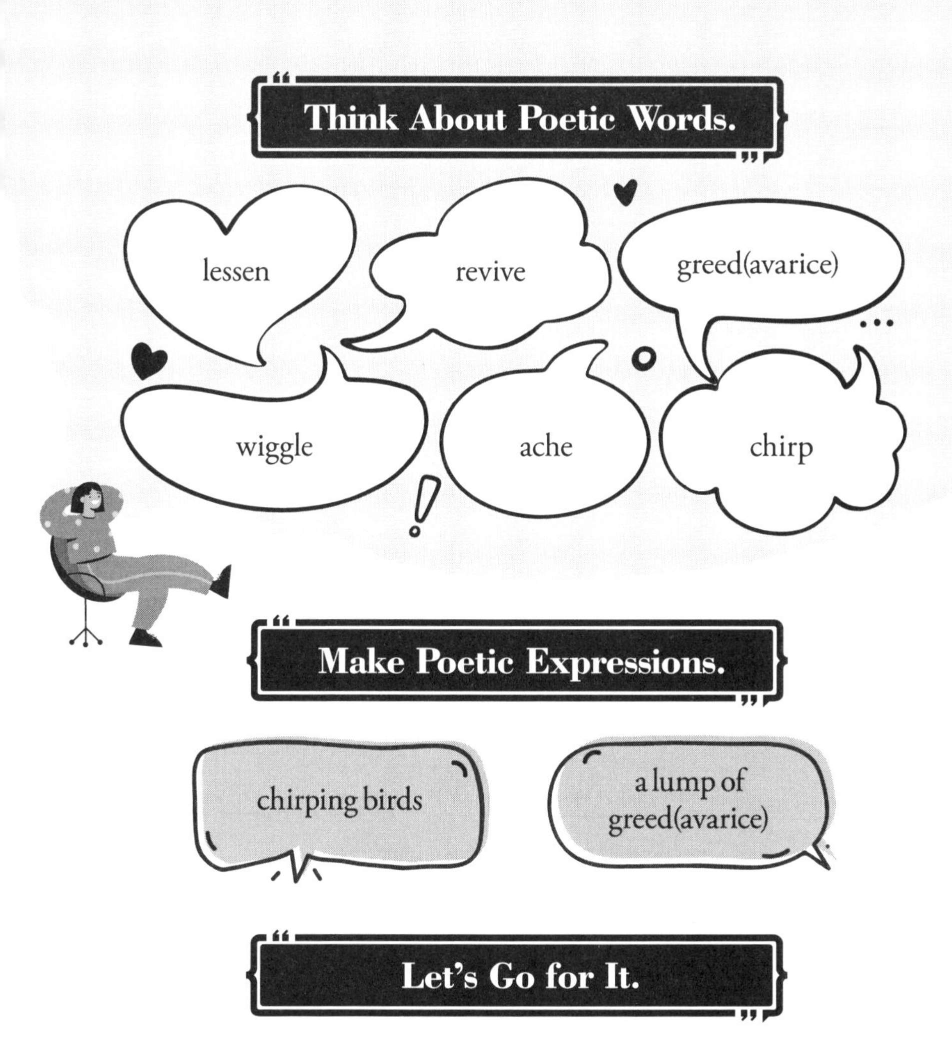

Make Poetic Expressions.

Let's Go for It.

동네문방구

나 어릴 적
내 마음의 아지트
동네 문방구

온갖 군것질거리와
문방구 앞 게임기
그리고 소중한 노트와 연필

화려한 건물들 사이에서
초라하게 보이며
이제 사라져가는 동네 문방구들

마치 언제 있었느냐고 반문하듯이
나의 소중한 것들도
하나둘씩 사라져가네.

Think About Poetic Words.

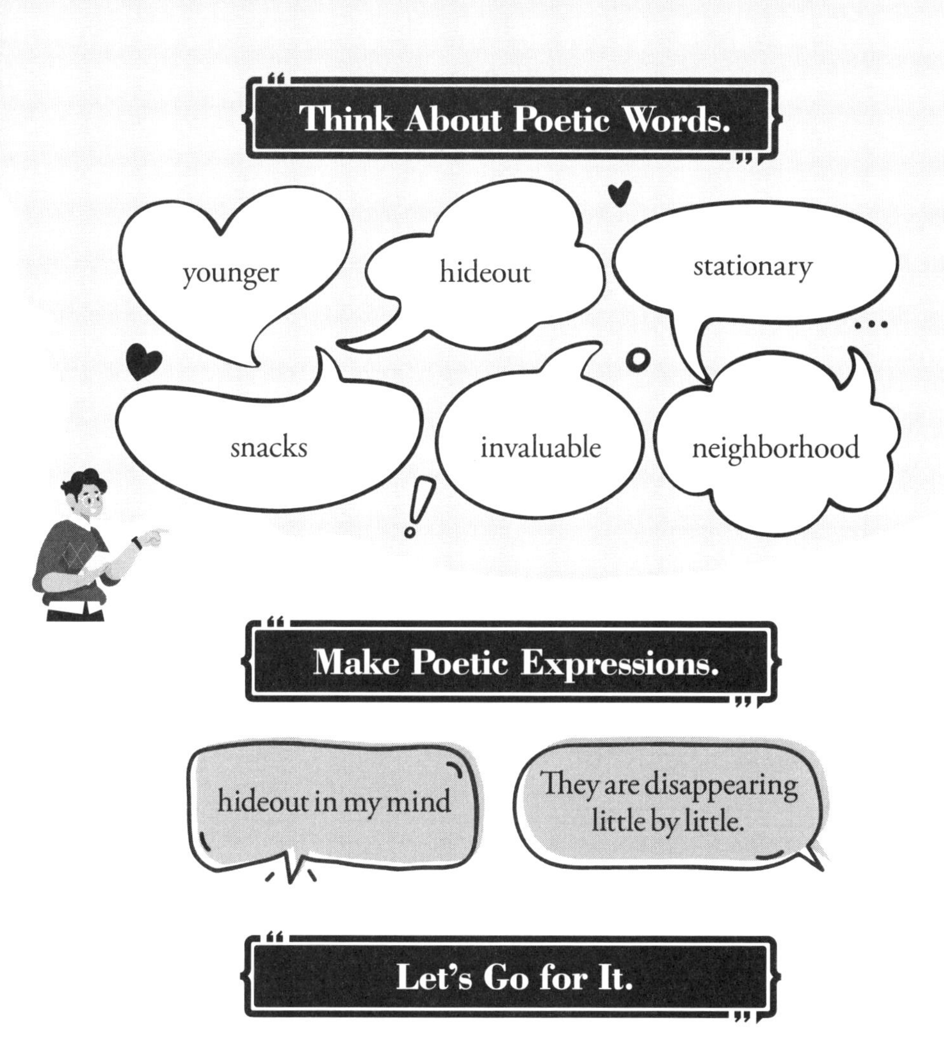

Make Poetic Expressions.

Let's Go for It.

올려놓고

모든 것을 올려놓고
위를 쳐다보니
뜬구름들이 두둥실 떠간다.

모든 것을 내려놓고
저 아래를 보자마자
드넓은 초원이 펼쳐진다.

나도 내려놓으니
초원 위에서 뛰어노는
한 마리 양이 되어
저 멀리 사라진다.

Think About Poetic Words.

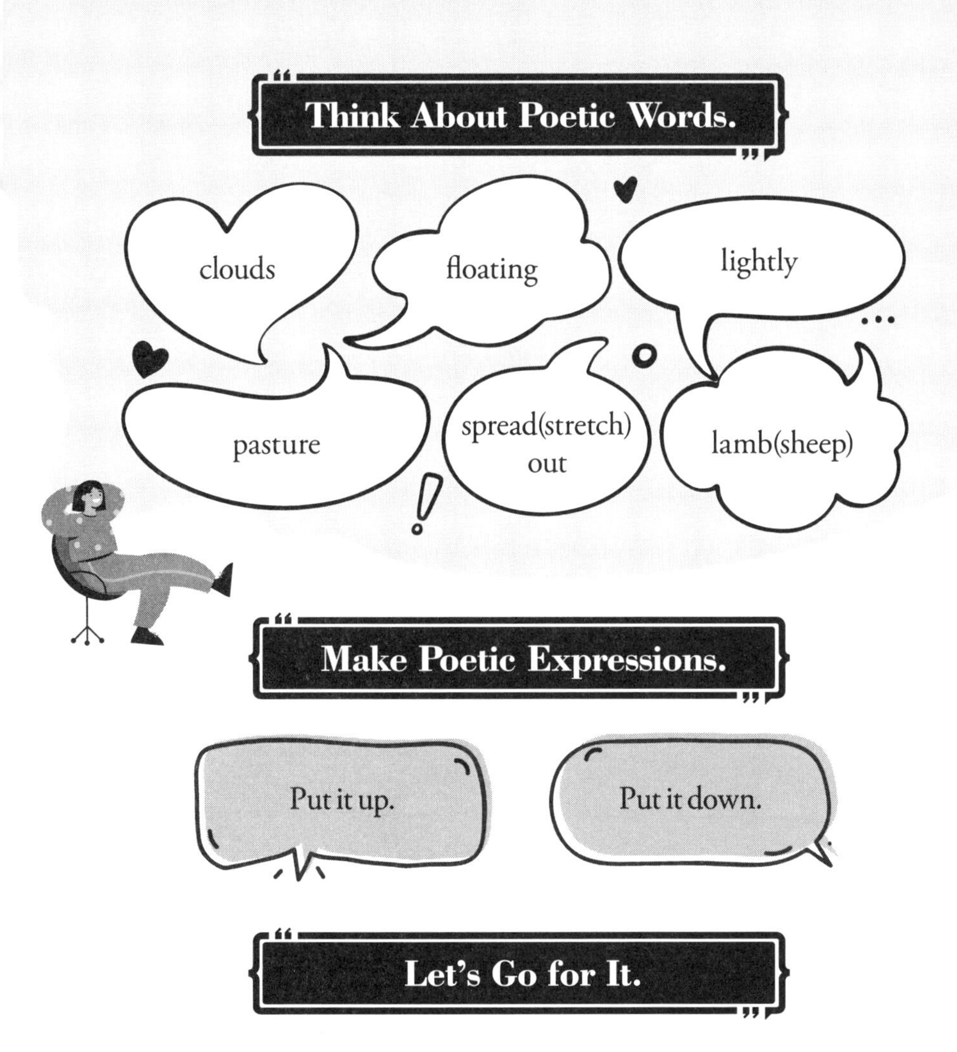

Make Poetic Expressions.

Let's Go for It.

두 마음

나에게는 두 가지 마음이 있습니다.
모두 선택되지 않은 마음입니다.

푸른 하늘을 향해 새처럼 날아가려는 마음
자꾸 땅으로 내려가려는 마음

어느 것을 선택하든지
내 몸의 방향은 서로 다릅니다.

나는 오늘도 자유로운 영혼이 되고자
두 마음에서 하나를 선택합니다.

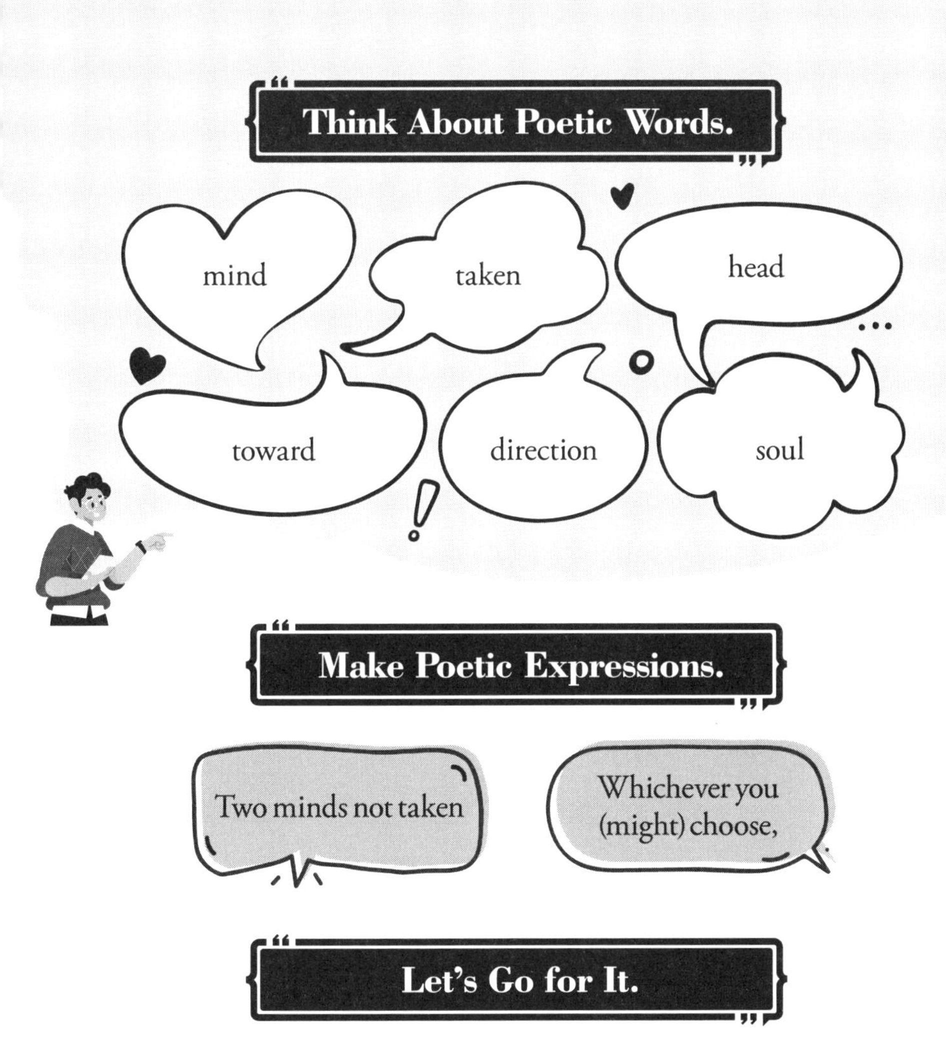
Think About Poetic Words.
mind
taken
head
toward
direction
soul
Make Poetic Expressions.
Two minds not taken
Whichever you
(might) choose,
Let's Go for It.

진정성

우리 모두 마음의 어둠

행동의 제약

아! 코로나바이러스

스마트폰, SNS, 카톡

최첨단의 화려한 소통

무언가 마음 한구석이

허전하구나!

아! 자연의 경고가

내 마음의 소중한 작은 것 하나

진정성을 깨우치는구나.

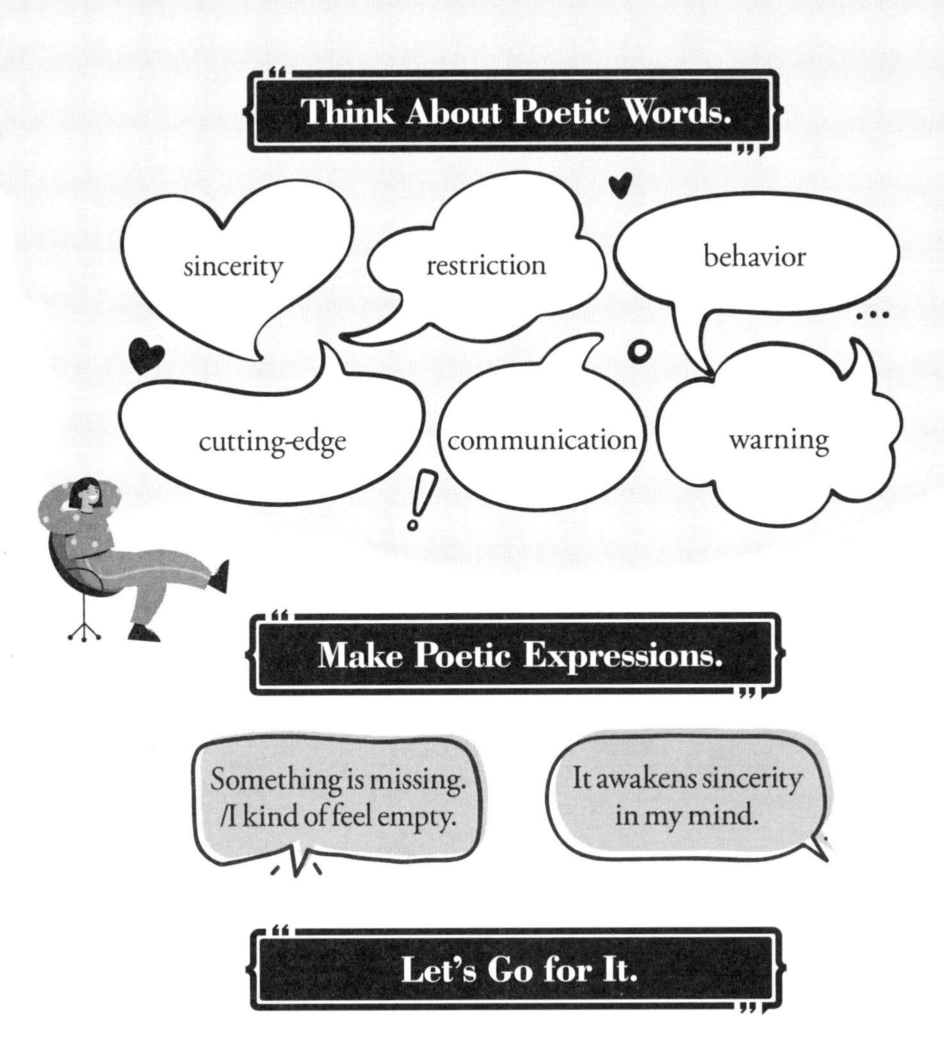
Think About Poetic Words.
sincerity
restriction
behavior
cutting-edge
communication
warning
Make Poetic Expressions.
Something is missing. /I kind of feel empty.
It awakens sincerity in my mind.
Let's Go for It.

가을

쾌청한 가을 하늘
카페 앞 코스모스가
건들바람을 타고
활짝 웃음 짓네.

어린 시절 냇가 방둑길
활짝 핀 코스모스
집으로 뛰던 내 마음도
덩달아 활짝 피었지.

불어오는 건들바람에
코스모스를 보노라니
어린 시절로 빨려 들어가
내 마음이 한없이 뛰노라.

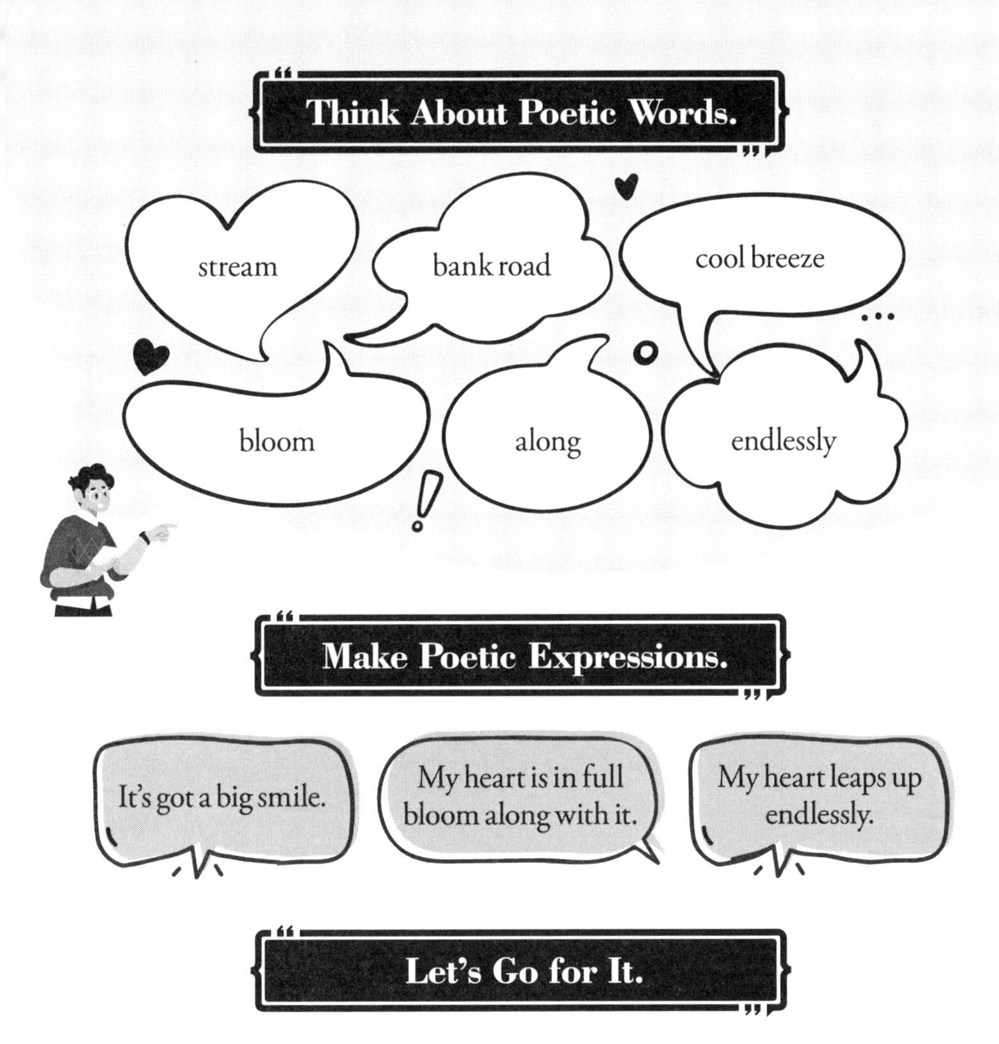
Think About Poetic Words.
stream
bank road
cool breeze
bloom
along
endlessly
Make Poetic Expressions.
It's got a big smile.
My heart is in full bloom along with it.
My heart leaps up endlessly.
Let's Go for It.

코스모스

도로변의 코스모스를 보노라면
마치 영화를 보는 것처럼
내 어린 시절이 파노라마처럼
잔잔하게 아름답게 펼쳐진다.

화려하지 않은 수수한 아름다움으로
어린 시절 내 마음을 살며시
거울 속으로 들여다보는 것처럼
내 마음 깊은 곳에 남아있는 너

나 이제 돌아와 마음 떨리는
한 떨기 코스모스가 되어
저 멀리 불어오는 건들바람에
덩실덩실 함께 춤을 추고 싶구나.

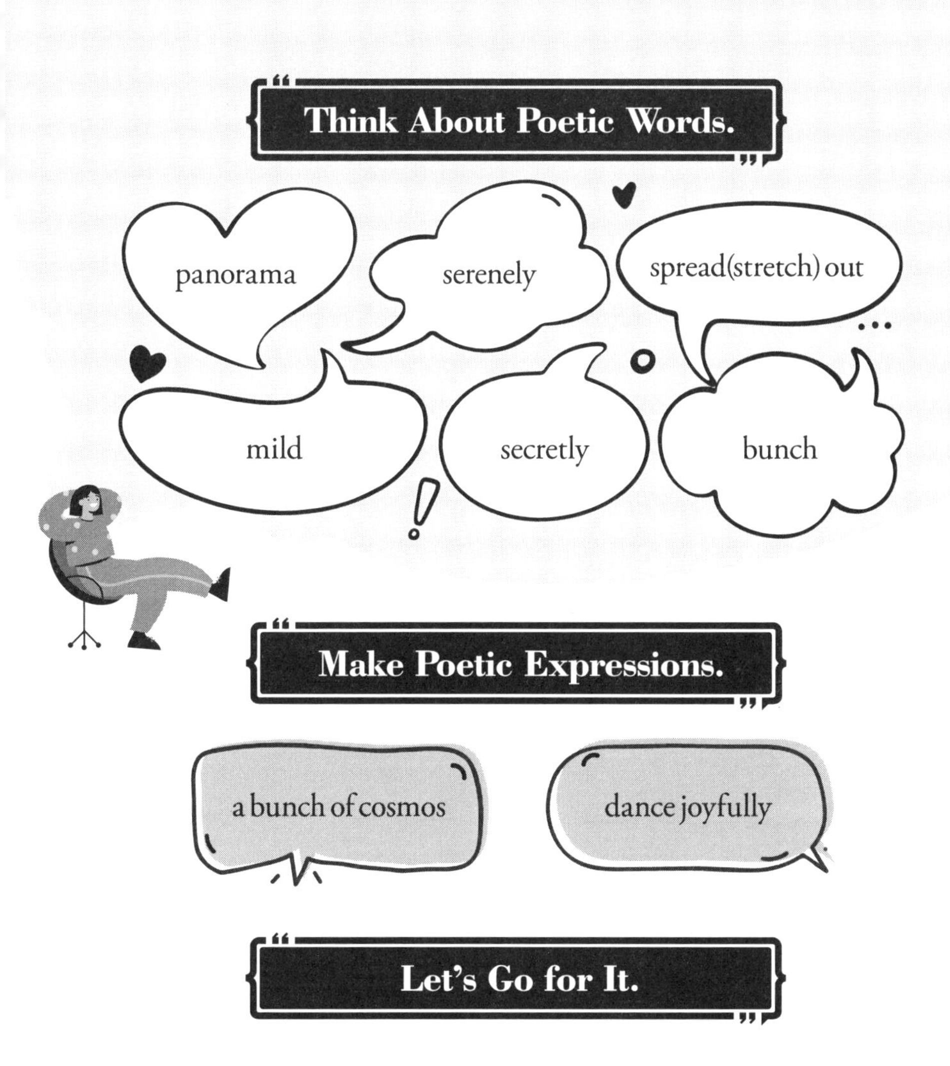
Think About Poetic Words.
panorama
serenely
spread(stretch) out
mild
secretly
bunch
Make Poetic Expressions.
a bunch of cosmos
dance joyfully
Let's Go for It.

익어가는 벼

봄의 소쩍새 소리에 위안을 받고
여름의 매미 소리에 용기를 얻어
한 떨기 수줍은 이삭을 꽃피웠네.

가을에 모든 것 다 내어주고
남은 것은 겨울의 텅 빈 들판

아낌없이 모든 것 다 내어주고
스스럼없이 어디론가 사라졌네.

우리의 인생도 익어가는 벼처럼
봄 여름 가을 여정에
바라는 것 없이 남김없이 내어주고
겨울에 한 줌 흙으로 돌아가는 것이겠지.

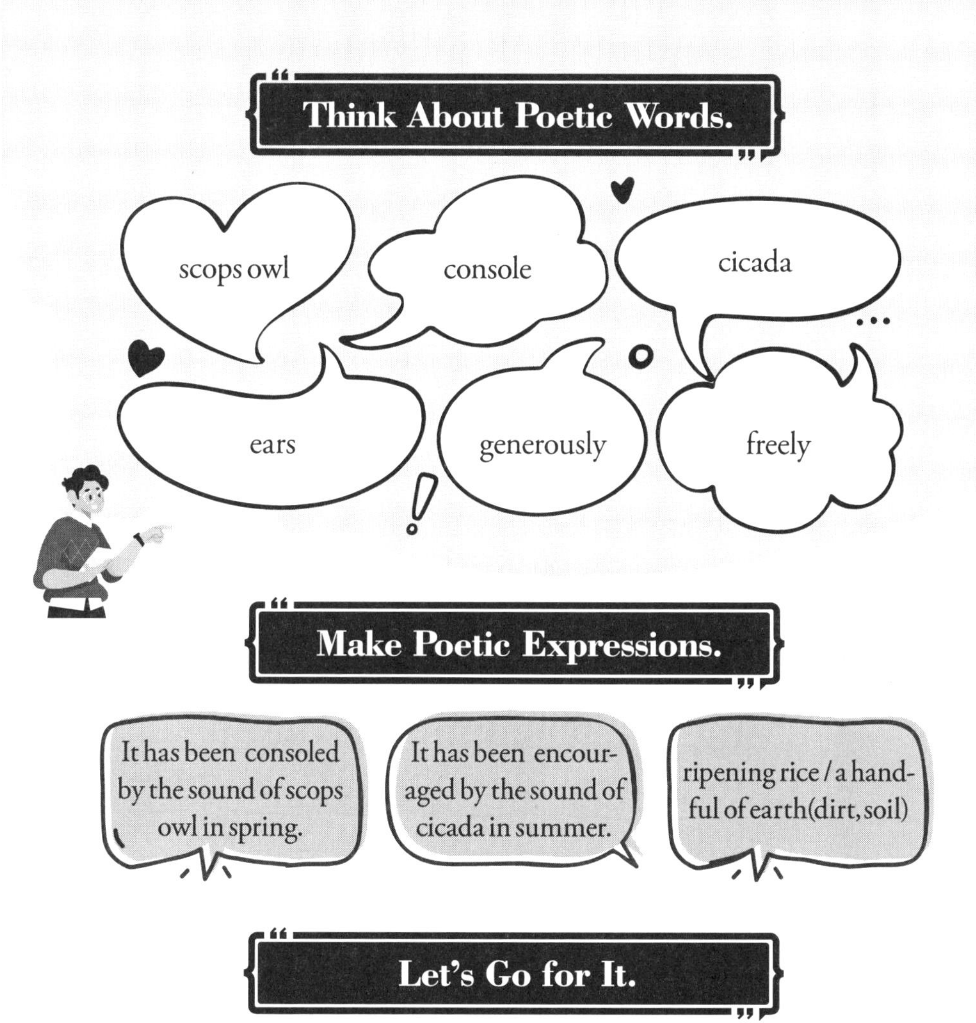
Think About Poetic Words.
scops owl
console
cicada
ears
generously
freely
Make Poetic Expressions.
It has been consoled by the sound of scops owl in spring.
It has been encouraged by the sound of cicada in summer.
ripening rice / a handful of earth(dirt, soil)
Let's Go for It.

교정의 국화

교정 안에 흐드러지게 핀 국화
어머니 배속에서부터 보아온
태초의 꾸밈없는 아름다움이련가?

가을까지 온갖 비바람 맞고 견디고
때로는 쏟아지는 햇빛을 받으며
활짝 함박웃음 짓는 너

세상의 온갖 풍파 온몸으로 맞으며
견디어온 우리 어머니의 인생살이처럼
그 찬란하고 고즈넉한 아름다움이
오늘따라 더욱 처절해 보이는구나.

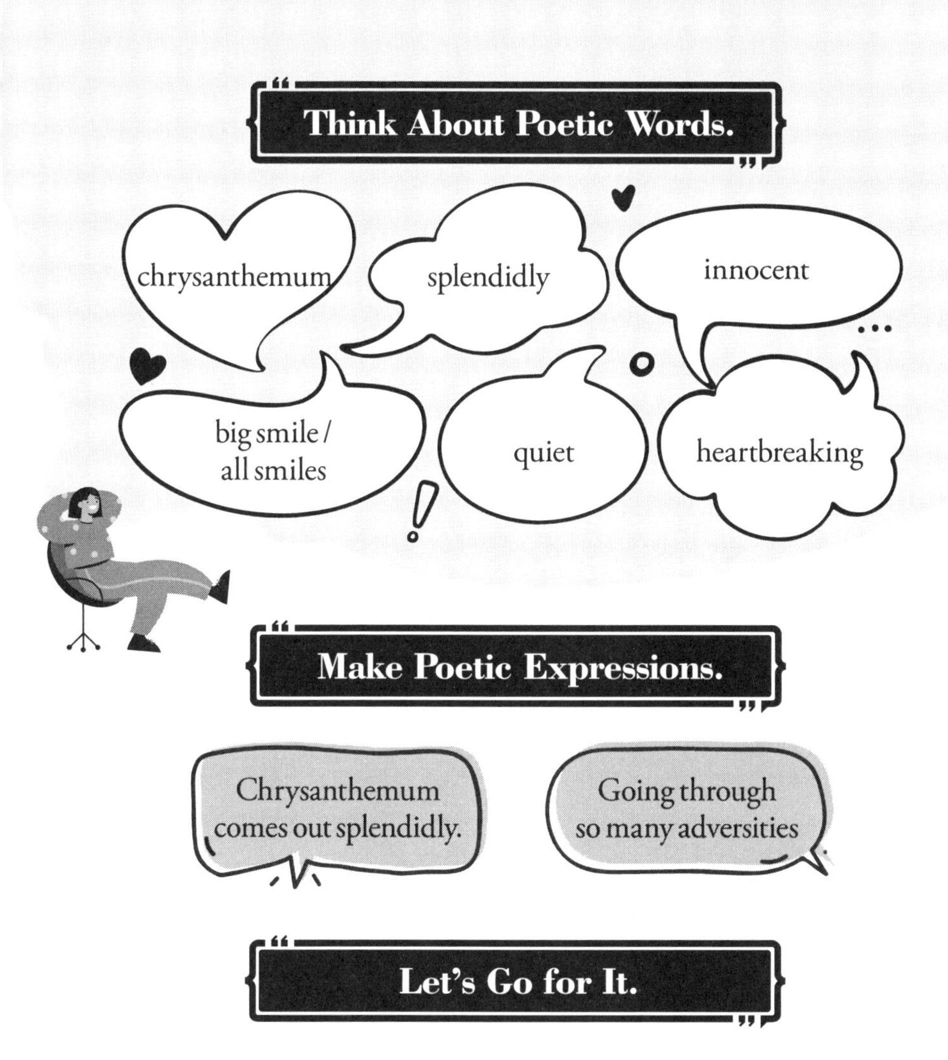

Think About Poetic Words.
chrysanthemum
splendidly
innocent
big smile / all smiles
quiet
heartbreaking
Make Poetic Expressions.
Chrysanthemum comes out splendidly.
Going through so many adversities
Let's Go for It.

광고

도로변을 걷다 바라본
택시 광고
나를 보고 손짓하네.

텔레비전을 통해 나온
화려한 광고
나의 마음을 끌어당기네.

저녁 네온사인 불빛의
눈부신 광고
당신도 나처럼 화려할 수 있다고
나를 끌어당기네.

하지만 우리의 인생사!
화려한 겉모습이 아닌
마음속 깊은 곳으로부터
마음의 광고를 해야 하겠지.

Think About Poetic Words.

advertisement

roadside

beckon

dazzling

attract

appearance

Make Poetic Expressions.

It's beckoning to me.

You can be as splendid(colorful) as I am.

You should advertise your mind from the bottom of your heart.

Let's Go for It.

젊은이들에게

이 험한 세상에 앞만 보고
달려야 하는 젊은이들!

이제는 잠시 쉬면서
천천히 뒤도 돌아보렴

아름다운 경치도 보면서
마음의 기쁨도 누려보렴

든든한 버팀목이 되어주는
이 땅의 어머니와 아버지!

가정의 따뜻함에 의지하면서
물 한 잔 마시면서 가렴

모두 함께 가는 세상으로
지칠 때면 잠시 쉬면서
마음을 함께 나누렴

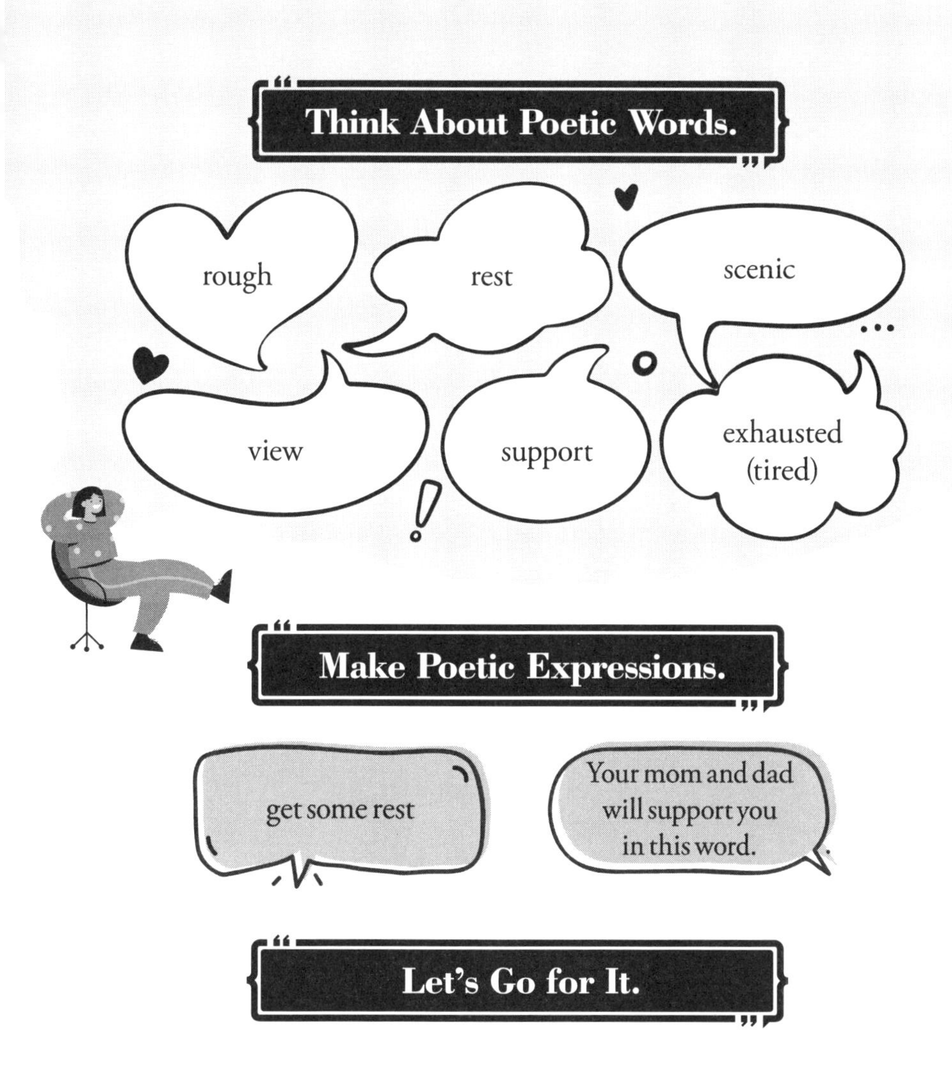

Think About Poetic Words.
rough
rest
scenic
view
support
exhausted (tired)
Make Poetic Expressions.
get some rest
Your mom and dad will support you in this word.
Let's Go for It.

살다보면

살다 보면 누구나 힘겨운 일 있겠지.
세상의 모진 풍파 앞에서 굳건하게
파도를 헤쳐나가는 것이 바로 인생이겠지.

살다 보면 우리 모두 기쁜 일도 있겠지.
세상의 모든 것을 얻은 것 같은 날도
그러한 기쁜 나날도 우리의 인생이겠지.

살다 보면 누구나 그저 그런 날들이 많겠지.
하지만 이러한 순간들도 우리의 소중한 삶
그러한 나날도 우리 삶의 한 부분이겠지.

기쁜 날도 슬픈 날도 항상 똑같은 마음으로
다 함께 살아가며 우리 모두 함께 노력하면
언젠가는 해가 뜨는 좋은 날들이 오겠지.

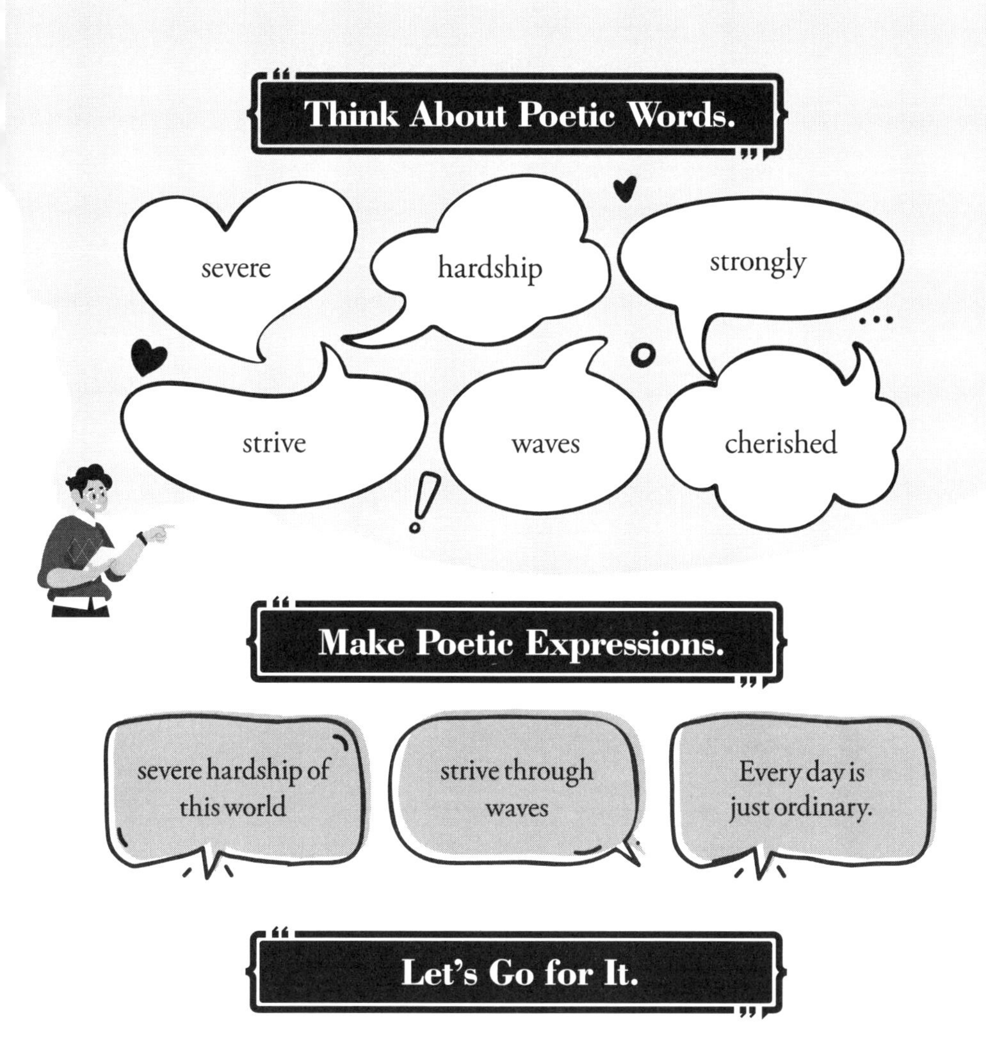
Think About Poetic Words.
severe
hardship
strongly
strive
waves
cherished
Make Poetic Expressions.
severe hardship of this world
strive through waves
Every day is just ordinary.
Let's Go for It.